メディアワークス文庫

ワケあり男装令嬢、ライバルから求婚される〈下〉

「あなたと結婚して妻になります！」

江本マシメサ

目　次

第一章　同級生でライバルな男の親友として

没落しかけた伯爵家の令嬢として育った私、リオニー・フォン・ヴァイグブルグは、魔法学校に男装して通うという、一風変わった人生を歩んでいる。

というのも、理由があった。

我が家は賭博で莫大（ばくだい）な借金を作った祖父のせいで、困窮した暮らしを送っていた。

その生活を変えたのは、弟リオルが開発した独自魔法の特許である。彼は借金をたった一ヶ月で返済してくれた。

リオルは天才魔法使いだったわけだ。

そんな彼にも、魔法学校の入学案内が届く。アダマント魔法学校は男子校で、男子が生まれるとすぐに申し込む規則になっており、十五年の時を経て入学が許可されたのである。

しかしながら、リオルは魔法学校なんて子（こ）ども騙（だま）しだから行きたくないと言ってのけた。

それに頭を抱えたのは父である。

なんでも、魔法学校は父親が卒業生でないと入学が許可されない。

つまり、リオルが入学を拒否したら、子ども世代は魔法学校へ通えなくなってしまうのだ。

魔法学校に行きたくないなんて、贅沢な話である。私は頼み込んででも行きたいくらいなのに。

誰にも話したことはなかったが、私は魔法を使う大叔母に憧れていた。

彼女が考えた世界一美しい〝輝跡の魔法〟を、一度でいいから使ってみたいと思っていたのだ。

リオルが行きたくないのならば、男装してでも私が行きたい——という言葉に、父は驚愕していた。一方、リオルは「そうすればいいじゃん」なんて返す。

幸い、私には婚約者はおらず、都合は悪くない。

息子が魔法学校へ通ったという実績が欲しい父は、しぶしぶと認めたのだった。

魔法学校に首席で入学し、晴れて順風満帆な日々を送るものだと思っていた私に、最大の障害が立ちはだかる。

それは、公爵家の嫡男、アドルフ・フォン・ロンリンギアの存在であった。

彼は次席で入学したことを恨みに思ったのか、私に突っかかってくる、なんともいけ好かない男だった。

二年もの間、私たちは抜きつ抜かれつの成績で、嫌でも意識してしまうライバル関係にあった。

この男さえいなければ……という思いは、アドルフも抱いていたに違いない。

あと一年我慢したら、今後彼に関わることなどないだろう。

なんて自分に言い聞かせていたのだが、とんでもない知らせが届く。

それはロンリンギア公爵家からの、アドルフと結婚してほしいという打診であった。

一介の貴族令嬢に、結婚の決定権など与えられていない。父は私の意思なんて確認せずに結婚の申し出を受けたようだ。

そんなわけで、私のもとには「アドルフ・フォン・ロンリンギアとの婚約が決まった。結婚は卒業後だ」という父からの一方的な通達があるばかりだったのだ。

アドルフとの結婚なんてありえない。リオルが気に食わないから、嫌がらせで思いついたのではないか？　などと思ってしまったくらいである。

そもそも、ロンリンギア公爵家とヴァイグブルグ伯爵家では、家格が違い過ぎる。

貴賤結婚と言われても、反論できないだろう。それくらい、アドルフとヴァイグブルグ伯爵家の家柄には隔たりがあった。

魔法学校でしているように、私をネチネチと攻撃し、恥を掻かせるに違いない。

なんて考えていたのに、面会の場にやってきたアドルフは、魔法学校では一度も見せなかった紳士然とした様子だった。

手にはフリージアの花束を持っており、私へ贈ってきたのだ。

その後も彼は丁重な態度を崩さない。

想定外の展開に、「なぜ私を婚約者に選んだのか気になっているの。理由を教えていただけるかしら？」という質問を投げかける。

すると、アドルフは顔を逸らし、みるみるうちに頬を赤らめるではないか。

その瞬間、私はハッと思い出す。友人であるランハート・フォン・レイダーより、アドルフに関する噂話を聞いていたのだ。

なんでも彼は、グリンゼル地方に向けて薔薇の花束と恋文を贈り続けているのだという。つまり、想いを寄せる相手がすでにいるのだ。

私との結婚は偽装的なもので、本命との愛を貫くためだったのだろう。

腑に落ちたが、納得できない。ライバルである彼に利用されるというのも癪だった。

絶対に婚約破棄に導いてやる――！

なんて意志を固めていたのだが、事態は思うように転がらない。

嫌がらせで派手な恰好（かっこう）をしてみたり、ガラス玉をアドルフの瞳に似ていると言ったり、下町を連れ回したりしても、彼はいっこうに愛想を尽かさない。

それどころか、優しく接してくれる。彼を知れば知るほど、胸がぎゅっと苦しくなった。

それが恋だと気付いた瞬間、逃げ出してしまいそうになる。

私はアドルフに恋をし、愛しつつあった。

ならば、彼の愛する存在を黙認し、お飾りの妻として徹するべきではないのか。

それが、正しい貴族令嬢としての姿なのかもしれない。そう、思いつつ……。

これまで内心反発していた、アドルフとの結婚を初めて受け入れる。

私はアドルフについて、たくさん誤解していた。

彼は自分から望まずとも、魔法に関する知識を与えられ、教育環境が整えられるような、王様みたいな存在だと決めつけていたのだ。

けれども実際のアドルフは人並みに悩んだり、親に反抗心を抱いたり、ささいなことで怒ったり笑ったりする、ごくごく普通の青年だった。

彼を嫌な奴だと決めつけていた、私の認識が酷く歪んでいたのだろう。アドルフと婚約を結んで接していくうちに、私の頑なだった部分は解れつつある。素直になってみる、という感情が芽生えたのかもしれない。

私はこれまで十分思うまま、充実した学校生活を送ってきた。だから、その恩恵を結婚という形で返すべきなのだろう。

魔法学校での日々も残り数ヶ月だ。後悔のないように頑張りたい。

魔法学校の学期は〝ターム〟と呼ばれており、一年は三つのタームに分かれている。学期始めは秋、一学期終わりは年末で、降誕祭学期という。降誕祭学期が終わると、二週間の休暇期間に突入。二学期目は残りの冬から春にかけて、四旬節学期と呼ばれている。それが終わると一週間の休暇期間を挟んで、春から夏にかけて夏学期を過ごす。

一週間の休暇期間を経て、再び新たな降誕祭学期を迎えるという仕組みだ。三学年目の降誕祭学期は瞬く間に過ぎていき、残り一ヶ月となる。

このシーズンになると、生徒たちは皆、ソワソワし始めるのだ。

その理由は、降誕祭があるからだろう。

神の生誕を祝し、家族でごちそうと贈り物を囲んで楽しむ、という催しであった。

貧乏だった我が家は、まともに降誕祭をした記憶がない。リオルのおかげで人並みな生活が送れるようになってからも、特にやろうという話にはならなかった。

弟リオルはそういう催しに興味がなかったし、私も別になかったらなかったでいい。

そんなこんなで今に至る。

ただ、従姉のルミの話を聞いて少し、楽しそうだな、とは思っていたけれど……。

寮の談話室にはアドベントカレンダーと呼ばれる、立体的な暦が用意されていた。中にお菓子が入っていて、一日ごとに開けていき、降誕祭までの日々を数えるようだ。

寮では何個かアドベントカレンダーが置かれ、当番制で開封するのだが、一学年の時にうっかり忘れていたら、皆から非難ごうごうだった。

降誕祭のお祝いは特にしないから忘れていたのだと言い訳をすると「それはおかしい！」と一斉に責められてしまったのだ。

そのとき、珍しくアドルフが「自分の楽しみが他人の楽しみだと押しつけるな」と注意したのを思い出す。彼が唯一、私を庇（かば）った瞬間だったかもしれない。

そのあとアドルフが「降誕祭の楽しみを知らない、哀れな男なのだ」と皆に言ったので、台無しになっていたのだが。

今年は忘れないように、アドベントカレンダーのお菓子を取りに行かなければ、と心に誓ったのだった。

各家庭で楽しむ降誕祭以外にも、学校の行事である〝降誕祭正餐(ノエル・サパー)〟も開催される。燕尾服(えんびふく)をまとって礼拝堂で聖歌隊(クワイアー)の歌を聴き、各寮で前菜(スターター)、主食(メインディッシュ)、食後の甘味(デザート)をいただくというもの。

最後に贈り物として祝福の蠟燭(ろうそく)とシュトレンと呼ばれるケーキを貰(もら)えるのだ。

食事はいつもより豪華で、シュトレンは校外でも噂になるほどおいしい。そのため、毎年楽しみにしている生徒は多いようだ。

私にとっては、リオルの燕尾服を実家の侍女に頼んで送ってもらわなければならない、憂鬱な催しだった。

リオルの燕尾服は毎年作っているようだが、引きこもりなので一度も袖を通していない。それなのに、父はリオルを社交場に連れ出すための口実として、毎年仕立てるよう命じるそうだ。まったくのお金の無駄遣いである。おそらくだが、リオルが稼いだもので買っているのだろう。たぶん。

今年になって、リオルは背がぐんぐん伸びている。きっと新しく仕立てた物を送ってもらっても、寸法違いが生じるだろう。侍女には去年仕立てた燕尾服を送ってもらうよう、頼んでおいた。

一週間後、侍女から荷物が届く。中には燕尾服とアドルフからの手紙が入っていた。当然、リオル宛てでなく、リオニー宛てである。今の時季は学期末試験がある上に、アドルフは降誕祭正餐の実行委員長の仕事もあるため、多忙を極めていた。しばらく音信不通になると思っていたので、驚いてしまう。

いったいなんの用事なのか。なんて思いつつ、ペーパーナイフを探していると、肩に乗っていた使い魔のチキンが机に下り立ち、提案してくれる。

『チキンが切ってあげまちゅり！』

「ありがとう。中に入っている手紙は切らないでね」

『任せるちゅり！』

チキンは器用に封筒だけを嘴で切ってくれた。

「うん、上手。ありがとう、チキン」

『朝飯前ちゅり！』

指先でチキンの嘴の下を掻きつつ、取り出した便箋を広げた。

手紙には驚くべきことが書かれてある。なんと、ロンリンギア公爵家の降誕祭のパーティーに参加しないか、というものだった。

なんでも毎年、ロンリンギア公爵家では盛大なパーティーが開催されているらしい。一般客は招待されず、地方から親戚一同が集まるホームパーティーのようだ。

それに、私も参加しろと？

さらに、リオルを誘うのはどうだろうか、とも書かれてあった。

引きこもりで協調性がない弟に、魔法学校に通うリオル役なんて頼めるわけがない。リオルの姿で参加するほうが楽だが、弟がいるのに、婚約者である私がいないのは大問題だろう。

参加するならば、婚約者としてのほうがいい。ただ、懸念があった。

これまではアドルフと婚約破棄してやる、ということだけをモチベーションとしてきたのに、彼への思いを自覚し結婚しようと決意した今、私に役割が果たせるのか不安でしかない。

アドルフを前に、どんな顔をして出て行けばいいものか、わからなくなっていた。

リオルとリオニー、どちらも不参加、という手もあるが――。

頭を抱えるのと同時に、扉が叩(たた)かれる。跳び上がるほど驚いてしまった。

「だ、誰？」

「俺だ」

その声は、アドルフであった。

彼が部屋を訪問してくるのは、久しぶりである。ドキドキしながら扉を開くと、アドルフが遠慮がちな表情で立っていた。

「突然すまない、今、時間はいいか？　話したいことがあるんだ」

「うん、いいよ」

アドルフを部屋に招き入れた瞬間、チキンが私の胸ポケットから飛び出してきた。

『敵襲あり！　必殺、嘴ドリルちゅり!!』

「チキン、待って！」

攻撃がアドルフに届く寸前に、チキンを捕獲する。危うく、アドルフの肩に風穴を開けるところだった。

「リオル、お前の使い魔、相変わらず過激だな」

「ごめん」

チキンをポケットの中に突っ込み、ぽんぽんと叩く。すると、大人しくなった。

この二年の付き合いで、チキンの扱いは完全に把握していた。そのため、暴走を止めるのも朝飯前である。

気を取り直して、窓際にある椅子を勧めた。

アドルフは少しソワソワした様子で、部屋の中へと入ってくる。

いったい何用なのか。本の貸し借りや勉強をしたいわけではないらしい。

「アドルフ、お茶でも飲む？」

「いや、長居するつもりはない。それに、今から寮母(メイトロン)に頼んでも、届くのは早くて十五分後くらいだろうが」

「いや、これ、実家から持ってきたんだ」

茶器セットを見せると、アドルフは目を見張る。

「お前、紅茶を淹(い)れることができるのか？」

「できるよ。簡単だし」

そして、実家から持ち込んだ魔石ポットを使い、湯を沸かして紅茶を淹れた。

寮母に頼んだらいつでも用意してくれるのだが、誰とも会いたくないときに自分で淹れて飲んでいたのだ。

「アドルフ、砂糖とミルクは――」

いらないいんだっけ？　と言いかけたあと、口をきゅっと噤(つぐ)む。彼は紅茶に何も入れないで飲んでいたのだが、それは婚約者である私だけが知る情報である。同級生であるリオルが把握している情報ではない。

ちなみに私はストレート派だ。たまに、疲れているときは砂糖とミルクを入れることもあるが。

「砂糖は三杯、ミルクは少々入れてくれ」

「え？」

外で会ったとき、アドルフが砂糖を入れているところなんて見た覚えはない。

「砂糖、そんなに入れるんだ。いつも？」

「そうだ。悪いか？」

そういえば、彼はクッキーが大好物である。甘党なのは明らかであった。

ではなぜ、いつもはストレートで飲んでいるのか。

「リオルも、紅茶はストレートなんだな」

「え？　まあ、そうだね」

なんて言葉を返してからハッとなる。別人を装うならば、好みは別にしておくべきだった。

「リオニー嬢もストレートで飲むから、会うときは俺もストレートで飲むようにしている」

　あえて砂糖とミルクを入れずに飲んでいたという。別に、相手の好みに合わせなくてもいいのに。それも、紳士的行動なのか？

「好きなように飲めばいいのに」

「俺だけ砂糖をドバドバ入れていたら、恰好悪いだろうが」

　まさかの理由に、思わず噴き出してしまう。

「笑うな！」

「いや、だって、恰好つけてストレートの紅茶を飲んでいたなんて、笑っちゃう」

　婚約者である私の前では、絶対に見せないであろうアドルフの様子に、笑いが止まらなくなる。

　今、初めてアドルフの友達をするのも悪くないな、と思ってしまった。

「それにしても、リオル、お前はすごいな」

「何が？」

「紅茶をこうしてひとりで淹れられるから」

「ああ、これね。魔法を使うより簡単だよ」

「魔法を使うより……そうなのか？」

アドルフが紅茶の淹れ方を覚えてみたい、と言ったので、軽く教えてあげた。

記念すべき一杯目は、少しだけ渋かった。

ショックを受けているのかと思いきや、アドルフは案外前向きだった。

「リオル、こういうときは、ミルクで薄めたらいい」

「これはミルクティー向きの茶葉じゃないから、風味が台無しになる」

なんでもアドルフが生まれる前から働いているロンリンギア公爵家の老執事はたいそう渋い紅茶を淹れてくれるらしい。そのたびに、アドルフはミルクを追加して味わいを調節していたようだ。

「上手く淹れられるようになったら、リオニー嬢に飲んでもらうか。リオル、練習に付き合ってくれ」

「僕は実験台か」

「そうだ」

堂々と言い放ってくれる。

「実は、お前に相談事があったんだ」

「あった？　もう相談しないってこと？」

「ああ、そうだ。今さっき、解決したからな」

曰く、私が言った「魔法を使うより簡単だよ」という言葉と、紅茶の淹れ方を習っているうちに、自分の気持ちに決着が付いたらしい。

「誰かに相談すべきか、ずっと迷っていた。慎重を要する問題だから、言わないほうがいいのでは、と考えていたのだが」

アドルフの言う〝問題〟というのは、グリンゼル地方で療養している〝彼女〟についてだろうか。事情が変わって今すぐに状況を打ち明けることができない、なんて話していた。彼が大切にしている彼女について考えると、胸がちくりと痛む。

私を丁重に扱う傍ら、それ以上に大切な存在がいることを思うと、なんとも辛い気持ちになってしまう。

けれども私以上に、アドルフは辛い気持ちを持て余している。

問題は解決したと言っていたが、表情は晴れ晴れとしていなかった。たぶんそれは決着が付いたのではなく、自分の中で折り合いを付けただけなのだろう。

彼が抱える悩みについて、婚約者でありアドルフに恋心を寄せる立場から言えば聞きたくない。けれどもライバルであり、唯一無二の友達である立場からしたら放っておけなかった。

「アドルフ、問題はひとりで抱え込まないで。話を聞くだけだったら、いつでもできるから」

「リオル……ありがとう。少し、気が軽くなった」

話はこれで終わりかと思いきや、まだあるらしい。

「そうそう。リオル、あとでリオニー嬢から話があるだろうが、うちでやる降誕祭のパーティーに参加しないか？」

「ああ、それね」

「もしや、すでに話は聞いていたのか？」

「うん、まあ、そんな感じ」

アドルフの手紙がヴァイグブルグ伯爵家に届き、転送されてから三日は経っている。

話を聞いていてもおかしくない期間だ。アドルフの言葉に頷いておく。

「お前、前に降誕祭は家で何もしない、なんて言っていただろう？　だから、うちで開催するパーティーに参加したらどうかと思って」

驚くべきことに、アドルフは一学年のときに私とかわした降誕祭についての会話を覚えていたようだ。

「少し堅苦しいパーティーだが、華やかで、楽しめる……と思う」

「アドルフ、ありがとう」

私が本物のリオルであれば、喜んで参加していただろう。けれどもパーティーに行くならば、リオルではなく、リオニーとして臨んだほうがいい。

「僕は遠慮しておく。休暇期間に実家でやりたいこともあるし」

「降誕祭は、ひとりで過ごすと言うのか？」

「うちでは毎年そうだったから」

アドルフのほうを見ると、雨の日に捨てられた子犬のような表情でいた。そんなにリオルである私に参加してほしかったのか。

「もしかして、リオニー嬢も参加しないのか？」

アドルフがさらに悲しげな表情を浮かべたため、慌てて弁解する。

「いや、姉上は参加するから。手紙に書いてあったし」

「そうか！　それはよかった」

今度は晴れ渡った空のような笑みを浮かべる。その様子を見て、ホッと胸をなで下ろした。

「公爵家のパーティーともなれば、姉上は新しくドレスを用意しないといけないいな」

果たして、既製品で公爵家のパーティーの服装規定（ドレスコード）を通り抜けられるドレスなど残っているのか。嫌な感じに、胸がばくばくと脈打つ。

肌寒い季節になると、貴族たちは領地から王都の街屋敷（タウンハウス）にやってきて、社交を行い始める。大勢の貴族令嬢がパーティーに参加するため、仕立屋にドレスを買いに訪れるのだ。貸衣装屋でさえ忙しい、という期間である。

売れ残りの安っぽいドレスで参加したら、アドルフにも迷惑をかけてしまう。だから絶対に、身だしなみだけはしっかりしていないといけないのだ。

「リオニー嬢のドレスについては心配いらない。すでに用意している」

「え⁉」

「実を言えば、婚約が決まったのと同時に、頼んでいたのだ」

なんでも予約は五年待ちという噂の仕立屋に、ドレスを注文していたようだ。

大げさではないのかと指摘したものの、婚約者のために一着や二着のドレスを贈ることは、ごくごく普通のことらしい。

「え、でも、ドレスの寸法とか、わかるの？」

「仕立屋同士情報交換を行って、リオニー嬢のドレスの寸法を入手したらしい」

「そ、そうなんだ」

婚約が決まったときからドレスを用意していたなんて、用意周到にもほどがある。

しかしながら、助かったというのも本音であった。

「リオル、リオニー嬢には内緒にしておけよ？」

「もちろん」

すでに婚約者である私には筒抜けなわけだが、とにかく今は感謝の気持ちしかなかった。

三学年ともなれば、専門的な内容を学べる選択授業が開始する。その中で、もっとも難しいとされる錬金術の授業を受けることに決めた。

錬金術を習得すれば、輝跡の魔法を実現しやすくなるのだ。

先日、アドルフから何を選ぶのかと聞かれて答えていたのだが、授業当日、彼が同じ教室にいたので驚く。一番前の席に、どっかりと鎮座していたのだ。

「アドルフも錬金術を選んだんだ」

「ああ、まあ、そうだな」

「錬金術に興味があったの？」

「いや、お前がこの授業を選ぶと聞いていたから」

友達が選んだからと言って、自分も希望するようなタイプには見えないのだが。

私が変わったように、彼もいろいろと考えが変わっている可能性もある。

正直に言えば、アドルフと一緒に授業を受けられるので嬉しかった。

隣に座り、他の生徒を待つ――が、誰もやってこない。

「これ、もしかして希望したの僕らだけ？」

「その可能性は大いにある」

なんでもここ三年ほど、錬金術の授業を希望する生徒はいなかったらしい。難易度が高いというのもあるが、授業で少し囓った程度では使いこなせないのだという。

私は輝跡の魔法を習得するため、個人的に錬金術について学んでいた。下地がある状態で挑んでいるのだ。

アドルフは――どうだかわからない。

錬金術の授業には、彼が苦手な薬草学の応用も多いが、得意とする実技も多い。アドルフがいて心強かった。

教師はいったい誰なのか、なんて話をしていると、授業開始を知らせる鐘が鳴り響く。やはり、参加するのは私たちだけのようだ。

教室の扉が開き、教師が入ってくる。

「いやはや、お待たせしました」

白い髭が特徴の、お爺ちゃん先生——魔法生物学の教師、ザシャ・ローターである。

どうやら彼が錬金術の授業も担当するらしい。

「首席と次席を常に争っていたふたりが、錬金術の授業を選んでくれるなんて、とても嬉しく思います」

ローター先生は久しぶりの錬金術の授業で嬉しいらしい。わくわくした様子で、教科書を開いていた。

「錬金術は魔法の中でも奥深いものです。金属の特性を知るのも、なかなか楽しいですよ。たとえば、液体の金属が存在したり、金属が突然病気になったり」

ローター先生は金属について熱く話し始める。その中でも、金属の病気というのは初めて聞いたので、思わず突っ込んだ質問をしてしまった。

「ローター先生、金属の病気というのは、魔法が関係しているのでしょうか？」

たとえば、錬金術に使おうとしたら、朽ちて使えないようになるとか。

ローター先生は首を横に振り、説明を続ける。

「いいえ、その金属自体が持つ性質により、病に罹ったように状態が変化してしまうのです」

たとえこの世界に魔法がなくとも、その金属はある状況下にさらされると、病気に罹るらしい。

突っ込んだ質問を受けて嬉しかったのか、ロータ一先生は説明が終わらない。心の中で、アドルフに「ごめん」と謝罪する。

「──とまあ、このように魅力的な金属を魔法に組み込んで利用するのが、錬金術なのです」

錬金術と言えば金を作れる夢のような技術だが、現代で成し遂げられる者はいない。古代に生きた魔法使いのみが実現できた、かなり高等な技術らしい。

錬金術で金をほいほい作ることができたら、その希少性は失われていただろう。

第一回目の授業では比較的簡単な金属の錬成を伝授してくれるという。

「では今日は、銅作りの授業をしますね」

内心、拳を握る。

錬金術の授業で学びたいことは、輝跡の魔法に使える金属作りだ。まさか最初からできるなんて、想定していなかったのだが。

特に、美しい星空を作り出す輝跡の魔法は、大量の銀、鉄や銅を使うのだ。これらが錬金術で作れるようになれば、安価で輝跡の魔法を実現できる。

魔法が美しければ美しいほど、予算がかかるというのはネックだったのだ。

「銅の錬成は錬金術の中でも比較的わかりやすく、完成しやすいものです。ですので、そこまで心配することはありません」

教師のほとんどは座学から入るが、ロータＩ先生は実技から入って学ぶことの楽しさを教えてくれる。知識愛があるあまり暴走してしまう面があるものの、いい先生なのだ。

「まず、錬金術について軽く触れておきましょう。アドルフ・フォン・ロンリンギア君、錬金術というのは、どんなものかわかりますか？」

「触媒を用いて、非金属や卑金属から貴金属を作りだす奇跡です」

「けっこう。では、錬金術と聞いて、一番に何を思い浮かべるでしょうか？」

ロータＩ先生と目が合ってしまったので答える。

「〝賢者の石〟です」

「そうですね」

賢者の石というのは、ただの石だったり、液体だったり、杖（つえ）だったりと、魔法書によって姿が異なる。

ただそれは、この世に存在しない物質だという。物語の世界にのみ、登場するのだ。

「リオル・フォン・ヴァイグブルグ君、賢者の石は存在すると思いますか？」

「あると思います。数多くの天才たちが存在していた古(いにしえ)の時代に作り出されていたのではないか、と考えていました」

「なるほど。君は賢者の石を、〝人工遺物(アーティファクト)〟だと考えているのですね」

「ええ。金銀財宝を作り出す触媒なんて、欲望を抱く人類が生み出したとしか思えません」

「〝自然遺物(リメイン)〟ではない、と」

「はい、そう思っていました」

アドルフも意見を聞かれていたが、同じだと答える。アドルフの見解も聞きたかったので、喋(しゃべ)りすぎてしまったと内心反省した。

「では、銅の作り方について、説明しますね」

銅の材料は黄銅鉱(カルコパイライト)、骸炭(コークス)と石灰石(ライムストーン)。これらを溶鉱炉で熱し、酸素を吹き込む。最後に魔石を使った電解精錬装置で純度を上げて、銅が完成となる。

通常だとこれらの手間がかかる作業を、錬金術では魔法陣と触媒を使って作り出すようだ。

「魔法陣での火魔法と雷魔法を融合させる魔法式を考えてみてください。まずはひとりで考えてみましょうか」

十五分かけて考えたが、私とアドルフの魔法式に付けられた点数は揃って五十点だった。

「次に、互いの案を参考にして、魔法式を編み出してください」

アドルフが考えた魔法式を見ていると、足りない部分がすぐにわかった。アドルフもまた、同じことを考えていたらしい。

私たちは話し合わずに、無言で魔法式を編み出していく。

そして、ローター先生に提出したのだった。

「はい、けっこう。さすが、首席、次席コンビですね。授業内に自力でここまで至る生徒は極めて稀です」

授業では一度考えさせたのちに、正解を教えてから実技に入るようだ。

「では、お楽しみの実技といきましょう」

魔法陣のひな形が用意される。すでに円式が描かれており、魔法式を書き込むだけになっているのだ。

どこにどの魔法式を置くか、というのは魔法の成功率に繋がる。同じ魔法式を使っていても、置く場所によって異なるものが完成するのだ。

「魔法陣が完成したようですね。では、銅を作ってみましょう。どちらからしてみますか？」

アドルフよりも先に挙手する。

「では、ヴァイグブルグ君から」

使う触媒は魔力を多く含む〝マナの樹〟の枝。それを杖のように持ち、呪文を唱えるのだ。

まずは枝で門の魔法文字を描き、魔法式を展開させる。呪文を口にすると、魔法陣が淡く光った。魔法陣の中心に置かれた黄銅鉱、骸炭と石灰石は赤く染まり、じわじわ溶けていく。

最後に強く発光し、魔法陣全体が見えなくなった。

光が収まると、ボロボロに朽ちた黒い物体が残った。これは、銅には見えない。

「残念ながら失敗ですね。しかしながら、成功へはあと一歩、というところでしょう」

アドルフも挑戦してみるものの、結果は同じだった。

「では次は、ふたりで協力して、魔法陣を作ってみてください」

ああではない、こうでもないと意見を出し合い、二十分ほどかけて魔法陣を完成させる。

「では、実技に取りかかるのは、どちらにしますか？」

「アドルフのほうがいい」

「そうだな。魔法陣の八割はリオルの魔法式を引用したものだから」

アドルフはマナの枝を握り、呪文を口にした。すると——先ほどとは比べものにならないほど眩く発光する。

光が収まると、表面がつるりと輝く銅ができているではないか。

「すばらしい！　魔法学校の歴史の中で、自力で銅を完成させたのは、君たちが初めてです！」

ローター先生は興奮した様子で、私たちが作った銅を絶賛する。褒められて悪い気はしない。私とアドルフは目と目を合わせ、微笑み合ったのだった。


錬金術を完成させ、キャッキャと喜んでいる場合ではない。私はロンリンギア公爵家の降誕祭パーティーに参加するための用意をしなければならない。

幸いにも、アドルフからシルバーグレーの美しいドレスを貰った。それに合わせて、真珠の首飾りや髪飾り、耳飾りなどの一揃えの宝石も用意してくれたのだ。

当日は母の形見を付けていこうか、などと考えていたので、非常にありがたい。宝飾品も流行があるため、一昔前の物をつけていったら、すぐにバレてしまう。

何より、私のためにこういった品を贈ってくれたことが嬉しかった。彼の好意に応えるため、当日は立派な婚約者に見えるようにしなければならない。

身なりはどうにかなりそうだったものの、大きな悩みの種が残っていた。

それは――これだけ高価な品を貰っておいてなんだが、同等のお返しなんてできない、という問題である。

どうしようかと頭を悩ませたが、何か手作りの品を贈ろうと閃(ひらめ)いた。

気持ちをこれでもかと込めた物には、値段なんて付けられない。その価値を、アドルフならば感じてくれるだろう。

クッキーは定番として、他に何がいいだろう。

談話室にいた寮母に質問したところ、「降誕祭は絶対にセーターよ！」なんて言っていた。

なんでも降誕祭のシーズンになると、街中で降誕祭限定のセーターが売り出されるらしい。それを着て、家族と休暇をのんびり過ごすのがお約束だと言う。

セーターだったら手作りできる。大量に毛糸を注文し、侍女に送ってもらった。

アドルフに似合うであろう、アイヴィグリーンの毛糸はイメージ通りだった。これに、ロンリンギア公爵家の家紋である竜の意匠でも入れてみよう。

自主学習の時間の合間を縫い、編み図を描いていたのだが、アドルフの体の寸法がいまいちわからない。大きすぎても、小さすぎてもよくないだろう。

リオルの姿であれば、姉の頼みで採寸させてくれと言える。けれども可能であれば、サプライズで贈りたい。

考えた結果、似た体格のクラスメイトに頼みこむことにした。

観察した結果、ランハートとアドルフは背恰好がそっくりである。さっそく、交換条件をもとに頼み込んでみた。

「ランハート、頼みがあるんだけれど」

「うん、何？」

「用件聞く前に、安請け合いしないほうがいいよ」

「リオルがお願いしてくるの初めてだったから、なんでも叶えたいと思って」

実家から侍女が送ってきた焼き菓子と引き換えに、採寸をさせてくれと頼み込む。

「姉上から、アドルフと似たような体格をした同級生の寸法を調べてほしい、って頼まれて」

「今のシーズンだとセーター作りかー。くそー、リオルのお姉さんからセーターを受け取れるアドルフが羨ましすぎる」

「はいはい」

婚約者の存在に羨望を抱いているようだが、ランハートが魔法騎士になって社交界に出たら、結婚相手はすぐに見つかるだろう。

そういう気持ちを抱くのも、男子校にいる今だけだ。

ランハートの分も作ってあげたいのは山々だが、試験勉強もあるのでひとり分が精一杯だ。結婚後しばらくして落ち着いたら、贈ってあげるのもいいかもしれない。

「なあリオル、お姉さん、元気？」

「元気だよ」

むしろここにいる。その目で確認できるだろう。……なんて、言えるわけもないが。

「あー、何かの間違いがあって、婚約破棄されないかなー」

「まだそんなこと言っているの？」

「だって、衝撃的な出会いだったし。異性と話していて、楽しかった経験なんてなかなかないから」

リオニーとしてのランハートとの出会いは、思い出しただけでも頭が痛くなる。

魔法学校の宿泊訓練でグリンゼル地方に行ったさい、偶然彼と出会ってしまったのだ。最悪なことに、別荘に引きこもっていたはずのリオルが通りかかり、ランハートの気を逸らすために抱きついた。

あの状況が面白くなってしまったのは、本物のリオルの登場とアドルフがやってきたからだろう。私がひとりでいても、ああはならない。

残念ながら、ランハートを常に楽しませるような女ではないのだ。

「それはそうと、リオルって、たまにお姉さんに似た匂いをさせているよね」

何を言っているのだ、と冷静に返したつもりだったが、心臓がバクバク鳴っている。

匂いと言えば、以前アドルフからも似ていると指摘された覚えがあった。

婚約者として会うときは多少の香水と髪や肌に使う香油で匂いが変わる。普段は、香水や香油なんて付けていないのだけれど……。

話を誤魔化すため、ランハートに質問を投げかける。

「ランハートは香水とか使っている？」

「ちょっとだけね」

あまり他人の匂いについて気にしたことはなかったが、言われてみればたしかに、ランハートは少しだけウッディ系の香りがするような気がする。意識しないとわからないくらいの、薄い匂いだった。

それにしても、匂いを判別されるなんて……。

匂いで入れ替わりがバレてしまうなど、あってはならないだろう。

こうなったら、男性用の香水を使うしかないのか。

「僕も香水を使おうかな。ランハートはどんなものを使っているの？」

「えー、止めなよ。リオルには香水の匂いをぷんぷん漂わせてほしくない」

「僕の匂いなんて、どうでもいいだろう」

「そんなことないよ。はあ……でも、気になるお年頃だよね」

ちょうどポケットに香水を入れていたようで、見せてくれた。

「だったら使いかけだけれどあげようか？　これだったら匂いはきつくないし、まとう人によって香りは変わるものだから」

「いいの？」

「うん、いいよ」

「ありがとう」

早速振りかけてみた。女性用の香水の中には、甘すぎてかけただけで気持ち悪くなる匂いもある。ランハートの香水は爽やかな香りなので気にならない。

「ランハート、お礼は何がいい？」

「お姉さんに会わせて」

「それはダメ」

「なんでだよー」

ランハートの前でうっかりぼろを出してしまったら大変だ。なるべく顔を合わせないほうがいい。

それに、婚約者がいるのに、他の男性と会うというのは体面が悪いだろう。

「じゃあ、魔法薬草学のわからないところを教えて」

「それだったらかまわないよ」

「やった」

放課後はランハートと共に、談話室で勉強した。部屋に招いてもよかったのだが、婚約者であるアドルフ以外の男性を入れないほうがいいと思い直したのだ。

これまでは異性に対して、かなり無防備だったかもしれない。これからは気を付けなければならないだろう。

恋をしたらいろいろと心構えが変わるものだな、と我が事ながら思った。

成就する、しないに関係なく、この気持ちは大切にしたい。

編み物をするのは二年ぶりくらいか。以前はよく慈善活動サロンに参加し、養育院の子どもたちに向けて手袋や襟巻きを作っていた。

セーターを編むのは、もちろん初めてである。お坊ちゃま育ちのアドルフが着用することを考えると、手なんか抜けない。丁寧に編み、ドラゴンの模様も大胆に入れていく。試験も絶対に手を抜きたくないので、寝る間を惜しんで励んだ。

その影響で、授業中に初めて眠ってしまった。

名前を呼ばれ、ハッと目覚める。慌てて顔を上げると、魔法歴史学の教師とバチッと目が合ってしまった。

「リオル・フォン・ヴァイグブルグ、授業中に居眠りをするなんていい度胸だな。授業は聞かなくとも、理解できるというわけか。では、質問をしよう。魔法薬学史に残る偉大な魔法使いの名と、もっとも有名な魔法薬の効果を答えてみよ」

「魔法使いの名はリンゼイ・アイスコレッタ、魔法薬は霊薬（エリキサ）、です」

「……けっこう」

三学年の最後らへんで習う人物について質問するなんて、かなり意地悪である。偶然知っていたので答えられたが。しかしながら、眠っていた私も悪いのだろう。

肩に乗っていたチキンが、眠っていたのに答えられるなんてすごい、と翼で拍手する。耳元でバサバサ羽音を鳴らさないでほしい。

授業が終わったあと、アドルフが心配したのか話しかけてくる。

「リオル、授業中に居眠りするとは珍しいな。具合が悪いのか？」

「ううん、違う」

アドルフに贈るためのセーター作りに熱中してしまい寝不足だ、などと言えるわけがない。

「そんなこと言って、熱でもあるんじゃないのか？」

突然アドルフが急接近し、私の額を手で触れてくる。

「顔も赤い」

それはアドルフのせいだ。リオニーでいるときでさえ、こんなに接近した覚えなんてないのに。

「熱はないようだが……」

「勉強に夢中になって、寝るのが遅くなっただけだから！」

アドルフから離れ、元気であるとアピールする。

「あまり根を詰めすぎるなよ」

「わかってる」

時間の使い方を考えないといけない。

寮母に頼んでお弁当（ランチパック）を作ってもらい、寮の部屋で食事を取るようになった。これならば、寮生に捕まってお喋りすることもなくなる。さらに昼休みは購買部でパンを買い、屋上で勉強した。とてつもなく寒いけれど、学校内でひとりになれる場所なんて、今の季節はここくらいしか思いつかない。歯を食いしばりつつ、参考書のページを捲（めく）る。

夜はしっかり睡眠を取って、早起きしてセーター作りを行った。

これらの努力の結果、試験は学年首位、セーターも完成する。

しかし私の名前の下にアドルフの名前があっても、以前のように「勝った！」と喜ぶ気持ちはなくなっていた。

毎回、アドルフとは総合点数が一点、二点差だったのだが、今回は三十点も差がある。いったいどうしたのか、と心配になった。

こんな大差でアドルフに勝っても、心から喜べない。そんな私の傍（そば）で、チキンが空気を読まずに大喜びする。

『さすがご主人ちゅり！　この快進撃は、誰にも止められないちゅりね！』

「はいはい、わかったから」

チキンを両手で捕獲し、ポケットに詰め込む。静かになったところで、周囲を見渡した。成績が張り出されているのに、アドルフは見にきていない。

いつもはほぼ同じタイミングで、ここで会うのに……。

もしかしたら、降誕祭正餐の実行委員の仕事が忙しさを極め、試験勉強に時間を割けなかった可能性がある。

隣に立つランハートは私を絶賛したものの、「はいはい」と適当に返事をする。

今は成績がどうこうよりも、とにかく休みたい。寮に戻って、夕食の時間まで仮眠を取らなければ。猛烈に眠い。

ここ数日、早朝のほうが勉強やセーター作りがはかどるから、と夜明け前に起きて頑張ったのがよくなかったのか。

寒気と頭痛と胃の痛みが同時に襲ってくる。眠気以外にも、体が悲鳴をあげていた。

無理をしてきたツケが、いっきにやってきたのだろう。体調管理ができないなんて、なんとも情けない話である。

早く寮に戻って休もう。踵を返し、重たい足取りで一歩一歩と踏み出す。

ランハートの話なんてほぼほぼ耳に届いていないのに、並んで歩きつつ話しかけてきた。

「なあ、リオル、二回連続首席じゃないか！　お祝いに、売店でなんか奢(おご)ってやろうか？」

「……いい」

「なんだよ、ノリが悪い——ってお前、顔色が悪くないか？」

ランハートが顔を覗(のぞ)き込んでくる。熱でも測ろうと思ったのか、額に手を伸ばしてきたので、触れる寸前で振り払う。

「大丈夫だから、気にしないで」

「いやいや、気にするって」

「寮に帰って少し休むから」

「いや、寮じゃなくて、保健室にしろよ。唇とか真っ青だぞ」

誰が出入りするかわからない保健室で休むなんて、ゾッとしてしまう。なんらかのトラブルで男装がバレたら、一巻の終わりだから。

寮でないと、ゆっくり休めない。

「ランハート、僕に構うな」

「いやいや、そういうわけにもいかないでしょう」

ランハートのこういう世話焼きなところは、普段だったらありがたい。けれども今は、放っておいてほしかった。冷たくあしらってくる奴なんて、相手にしなければいいのに……。

「僕は平気だから――」

そう口にした瞬間、目の前がぐにゃりと歪んだ。

体が傾いたのと同時に、視界に階段が飛び込んできて――。

ああ、終わった、なんて思いながら、意識を手放した。

ゴーン、ゴーン、ゴーンという鐘の音で意識がハッと覚醒する。周囲はすでに真っ暗で、先ほどの鐘は夕食時間の終了を合図するものだろう。

起き上がろうとしたが、僅かに動いただけで頭がずきんと痛んだ。

室内は真っ暗だが、ここが自分の部屋だというのはかろうじてわかった。

先ほどまで放課後で、成績を確認し、そのあと――私はどうしていた？

「夢、だったの？」

「夢なわけあるか！」

すぐ傍で聞こえたランハートの声に、驚いてしまった。部屋にある魔石灯を呪文で発動させる。

すると、寝台の傍に椅子を置き、座っているランハートの姿が確認できた。

「ランハート、どうしてここに⁉」

「倒れたお前を運んで来たんだよ！」

「あ――そうだったんだ。その、ありがとう」

ゆっくり起き上がろうとしたら、ランハートが背中を支えてくれた。

水差しから水を注ぎ、飲ませてくれる。

ここで、襟が寛（くつろ）げられているのに気付く。矯正用の下着が見えて、ギョッとした。

胸を平らにするものだが、前身頃にあるボタンがすべて外されている。

慌ててブランケットを引き寄せ、体を隠す。

ばくん、ばくんと胸が激しく脈打つ。額にぶわっと冷や汗も浮かんでいるような気がした。

いったい誰がしたのか。胃の辺りがスーッと冷え込むような、心地悪い感覚に襲われる。

「リオルは保健室に行きたくないみたいだったから、ここに運んで寮母さんを呼んだ」

ランハートは淡々と語っている。表情を確認する勇気なんてとてもなかった。

寮母は寮生の健康も管理していて、医療資格も持っている。私の様子を見て、睡眠不足が伴った過労だろうと判断したらしい。

「寮母さんが回復魔法をかけたら、顔色はよくなって。あとは目覚めたら水を飲ませるようにって言ってた」

「そう、だったんだ」

「まだ具合が酷く悪いようだったら、医者を呼ぶこともできるけれど」

寮母の言葉は、それだけだったらしい。

「具合はどうだ？」

「だいぶよくなった」

「そう」

再度、ランハートに「ありがとう」と感謝の気持ちを伝える。

「それで、聞きたいことがあるんだけれど」

「な、何？」

心臓がばくんと脈打つ。ランハートはこれまでにないくらい、真剣な眼差しで私を見つめていた。

思わず、襟元をぎゅっと握りしめてしまう。

「リオル、お前、女だったのか?」

核心を突く質問に、言葉を失った。

二年もの間、隠し通していたのに。無理が原因でバレるなんて。

ランハートは普段、ちゃらちゃらしていて何も考えていないような素振りを見せる。けれども、瞳の奥は冷静に人を見定めているように思える瞬間があった。

そんな彼の友達でいるのは、私にとって喜ばしいことだったのだ。けれども今のランハートは、私に冷え切った視線を向けている。

「言っておくけれど、リオルに触れたのは寮母さんだ。俺じゃないよ」

「そ、そう」

ということは、寮母にも気付かれてしまった、というわけだ。

もう、どうしようもない。

一刻も早く、退学届を提出して、ここを去らなければならないだろう。

私は絞り出すように、ランハートへ謝罪した。

「ランハート、騙していて、ごめん」

「否定しないの？」

「だって、女であるというのは、本当だから」

ランハートは少し傷付いたような表情で見つめていた。私はずっと、彼を騙していたのだ。酷い行為を働いていたのである。

「アドルフは知っているのか？」

「知らない。家族以外、誰も」

空気が重苦しいような、気まずい時間が流れる。

息苦しくて、今にもここから逃げ出してしまいたい。いっそのこと、怒鳴り散らしてくれたほうが楽だった。

こんなときでも、ランハートは冷静だったのだ。

「リオルはどうして、女性の身でありながら、魔法学校に通っていたんだ？」

「それは――」

きっかけは、リオルの魔法学校なんて行きたくない、という一言だった。

リオルが入学しなければ、次代の子どもは通えない。ヴァイグブルグ伯爵家としても、それは困った事態である。

そこで、私が通うと名乗り出たのだ。ただそれは、大きな理由ではない。

魔法学校に男装までして通っていたのは、結局のところ私の我儘だったのだ。

「……どうしても、魔法を習いたかったから」

そう。魔法学校に通っていた理由は、結局のところこれに尽きる。

ヴァイグブルグ伯爵家のためだとか、リオルが行きたくないと言ったから、ではなかったのだ。

自分の欲望を叶えるため、私は周囲の人たちを騙して暮らしてきた。

ランハートは軽蔑するだろう。

「リオルは、魔法学校に通って、どう思った？」

なぜ、そんな質問をするのかわからない。けれども、正直な気持ちを伝える。

「とても、楽しかった」

貴族女性の集まりのように振る舞いや身なりを気にすることなく、自由気ままな毎日はどうしようもなく楽しかった。

同級生との付き合いも、男装はしているものの素の自分でいられるような気がして、居心地はよかったように思える。

何よりも魔法を好きなだけ学べる環境というのは、夢みたいだった。頑張れば頑張るだけ教師に認められ、試験の結果として目に見える成果を得られる。

魔法学校は私のさまざまな欲求を叶えてくれる場所だったのだ。

「異性の中でやっていくのは、大変だっただろう？」

「それはそうだけれど、魔法学校で魔法を学ぶことは私が望んでやりたいことだったから、ぜんぜん苦じゃなかった」

たしかに大変だと思うことは多々あった。けれども、それ以上に楽しく、充実した日々が帳消しにしてくれたのだろう。

「そっか、そうだったんだ」

始めから女である私が魔法学校に通うなんて、無理があったのかもしれない。

今、この瞬間がこの生活を終える潮時なのだろう。

「明日にでも、退学届を提出するから」

「いやいや待って！　なんで辞めるの？」

「だって、私は女だし」

「二年間バレずに頑張ったんだから、ここで辞めるのはもったいないって！」

私はきっと、ポカンとした表情でランハートを見つめているのだろう。

彼は魔法学校を辞めなくてもいいと言ったのだから。

「どうして？　女である私が、魔法学校に通うなんて、道理に反しているでしょう？」

「それは……たしかに、としか言いようはないけど」

ランハートは複雑そうな表情を浮かべつつ、後頭部を掻く。

「そりゃ、異性であることを隠して、友達していましたってわかって、モヤモヤした気持ちはあったけれどさ。俺はずっと、リオルの傍で努力を見続けてきたから」

「努力？」

「そう。毎日毎日勉強して、授業は誰よりも熱心に受けて。さらに、あのアドルフ・フォン・ロンリンギアには毅然とした態度でいて――尊敬でしかなかったよ。そんな毎日なんて、死ぬほど大変だろうなって思っていたのに、楽しかったたって言われたら、退学すべきだとは言えない」

「ランハート……」

彼は私のことを、ずっと見ていてくれたのだ。胸がじんと震える。

「でも、寮母にもバレてしまったし、ランハートが黙ってくれていても、無理な気がする」

「あー、でも、あの寮母さんなら大丈夫なんじゃないかな。知らないけれど」

寮母は生徒の違反を発見したら魔法学校に報告する義務がある。今頃、校長に報告しているかもしれない。

「気になるんだったら、今から聞きに行く?」

「うん」

「辛かったら、おんぶするけれど」

「いい、もう大丈夫」

「リオルの大丈夫は怪しいんだけれどな」

「本当に大丈夫だから」

「はいはい」

水を飲み、ランハートが剝いてくれたオレンジを二切れ食べた。そのおかげか、頭痛はなくなった。

制服のボタンを留め、ガウンをまとって部屋を出る。

寮母はいつも、ジャムやお菓子を作る専用の部屋にいるのだ。

部屋から灯りが漏れていたので、扉を叩く。すぐに扉が開かれ、私の顔を見るなり「あら」と声を上げた。

寮母はランハートを廊下に待たせ、私だけ部屋に招き入れる。

何も言わず、ミルクを温め始めた。

彼女は二十年も寮母を務めていて、さまざまなトラブルを見てきたのだろう。

私が女であるとわかっているのに、どっしりと構えていた。

「お腹(なか)は空(す)いていない？」

「はい。でも、ランハートは空いているかもしれません」

「そう。お友達思いなのね」

おそらく、ランハートは夕食を食べずに私のもとにいたに違いない。そう訴えると、軽食を用意してくれるという。それを聞いてホッとした。

寮母は口元に布を当て、三角巾で頭を覆う。

手際よくサンドイッチを作りつつ、話しかけてきた。

「具合はもう平気なの？」

「はい。その、回復魔法をかけてくださり、ありがとうございました」

「お安い御用よ」

目の前にホットミルクが差し出される。

「蜂蜜をたっぷり入れておいたから」

「いただきます」

一口飲むと、優しい味わいが広がっていく。ざわざわと落ち着かなかった心が、少しだけ落ち着いたように感じた。

「それで、その――」

「私、何も見ていないわ」

「え⁉」

いったいどういう意味なのか。

彼女は私が装着していた矯正用の下着を寛がせてくれていた。胸を見ただろうし、触れたら男でないことは明らかだったはず。

「ここから先は内緒話なんだけれど、実は私も、ここの学校の卒業生なの」

「⁉」

それが意味するのは、寮母も男装し、魔法学校に通っていたということである。

「男子生徒の中での共同生活は本当に辛くて辛くて。女だってことがバレたのは、一学年の四旬節期間だったわ。ある日、シーツを真っ赤に染めてしまってね、うっかりしていたの」

入学から半年経った二学期に、同室の男子に正体が露見したようだ。

「たくさん血を流していたから、私が死ぬって思ったみたい。泣きだしたから、なだめるのに私は女だから大丈夫って言っちゃったのよね」

女性が毎月血を流すのは、生理現象である。それをざっくりとは把握しているものの、詳しく知っている男性は案外少ないという。

「その人は、三年間黙っていてくれたわ。まあ、今の夫なんだけれど」

驚いた。私より前に、男装して魔法学校に通っていた女性がいたなんて。

「だからね、私はなーんにも見ていないの。わかった？」

こくりと頷くと、寮母はサンドイッチの入ったバスケットを手渡してくれた。

「あなたも少しでいいから食べなさい」

「ありがとうございます」

寮母は笑顔で、私を送り出してくれた。

扉の前で待っていたランハートは私の表情を見て、いろいろ察してくれたらしい。

「なあ、大丈夫だっただろう？」

その言葉に、私は呆然（ぼうぜん）としつつも頷いたのだった。

それから部屋に戻り、ランハートと一緒にサンドイッチを食べた。

寮母が作ってくれたサンドイッチは優しい味がして、胸がじんと温かくなる。

後日、改めて感謝を伝えよう。

ランハートは、びっくりするくらいいつも通りで、それでいいのかと問い詰めたくなる。

「あの、ランハート。その、この先黙っておくことに関しての、その、対価とか、何か必要？」

「え、なんで？」

「なんでって、秘密を守ってもらうには、見返りがいるでしょう？」

「そんなのいらないって。俺たち、友達でしょー？」

それを聞いた途端、涙がポロリと零(こぼ)れてしまった。

「うわ、リオル、なんで泣くの？」

「だって、ランハートが、友達でいてくれるって言うから」

「俺が泣かしたのか！　いや、女だろうと男だろうと、リオルはリオルじゃんか」

「うん」

「だから俺たちは友達！　変わるわけがないじゃないか」

泣いたらランハートが困るとわかっているのに、涙が止まらなかった。

「っていうか、ひとつ確認したいんだけれど、リオル――君はいったい誰なの？　本物のリオルは別に存在していて、その子の代わりに通っていたんだろう？」

「うん、そう」

彼からしたら、私は正体不明の、わけがわからない女だろう。改めて、ランハートに自己紹介する。

「私は、リオニー・フォン・ヴァイグブルグ……です」

「えっ、リオルのお姉さん⁉」

こくりと頷くと、ランハートは頭を抱える。

「うわ。俺、リオルのお姉さんに直接結婚したいって言っていたことになるじゃん！」

「そうだよ。だからもう言わないで」

「絶対に言わない！　ごめん！」

ランハートは恥ずかしさで顔が熱くなったのか、手のひらであおいでいる。

「そういえば、このこと、アドルフにはずっと内緒にしておくの？」

「わからない。でも結婚したら、そのうち勘付かれてしまいそう」

「そっか」

それがいつにせよ、気付かれた結果、アドルフから婚約破棄や離婚すると言われたら、私は食い下がらずに受け入れるつもりだ。

これまではこの秘密は墓場まで持って行くつもりだった。けれどもアドルフへの恋心に気付いた今、隠し通すことなんてとてもできないだろう。

「リオル、一個だけ約束して」

「何？」

「リオルが女性だって俺が知ってたことを、アドルフに言わないで」

「どうして？」

「嫉妬するに決まっているから！」

「嫉妬？　誰が？」

「アドルフがだよ！」

なぜ、ランハートが私の秘密を知っていたら嫉妬に繋がるのか。よくわからなかったものの、ランハートが必死の形相で訴えるので、頷いておいた。

「リオルってば究極の鈍感だな。アドルフの溺愛に気付いていないなんて……」

「なんか言った？」

「いいや、なんでもない」

十切れ以上あったサンドイッチをぺろりと平らげたランハートは、空のバスケットを抱えて立ち上がる。

「よし、もう寝ようかな。リオル、おやすみ」

「おやすみなさい、ランハート」

ランハートは踵を返し、部屋から去っていく。

扉が閉ざされた瞬間、ホッと安堵の息が零れた。

女であることがバレてしまったものの、大丈夫だった。ランハートだったから秘密を守ってくれたのだろう。

無事に卒業できたとして、この事実をアドルフに打ち明けるかどうかは――少し考えたい。彼に対して嘘を吐きたくない、という思いがあるものの、同時に嫌われたくない、という感情が「黙っておけ」と強く主張しているのだ。

ひとまずなんとしてでも、魔法学校を卒業するまで女であることを隠し通さなければならない。

体調不良で倒れるなどもってのほかだ。

よく寝てよく食べ、よく学ぶ。そんな目標を掲げ、私は眠りについたのだった。

それからというもの、ランハートは信じがたいほどいつもどおりである。

異性であることがわかったので、距離を取られるかもしれないと考えていたのだが。

ただ、少しだけ変わったことがあった。

「リオル、今日は冷えるから、これでも膝にかけておけよ」

そう言って、どこに持っていたのかわからないショールを手渡してきた。

「ランハート、これ、お婆さんとかがよくかけているやつじゃない？」

「そうそう。うちの乳母から〝趣味が合わない〟って、突き返されたやつ、実家から持ってきたんだ」

……ランハートは私を、お婆さん扱いするようになった。お年寄りと同じくらい、気にかけなければならない存在だと認識されてしまったのか。

彼からの好意として、ショールは受け取っておく。突き返したら、彼の優しさまで無下にしてしまうような気がしたから。ただ、この扱いはやりすぎである。

「リオル、食べ物はよく嚙んで、睡眠はしっかり取って、適度な運動をするんだ」

「お年寄り扱いはしないでくれる？」

「廊下で倒れたから、心配しているのに」

それを指摘されると、何も言えなくなる。

私が倒れたのは、階段を下りる直前。転がり落ちる寸前で、ランハートが助けてくれたらしい。それに関しては、深く感謝している。

「もうランハートを心配させるようなことは、二度としないから」

「頼むよー」

そんな会話をする私たちを、アドルフが見つめていたなど、このときは気付いてもいなかったのだ。

あっという間に降誕祭学期の期末を迎えた。すべての授業が終了し、あとは降誕祭正餐をするばかりである。それが終わったら、二週間の休暇期間だ。

夕方になると燕尾服に着替え、礼拝堂に向かう。そこで、聖歌隊の讃美歌を聴くのだ。毎年、ランハートは眠ってしまうので、注意しておかなければならないだろう。

その前に、中庭にある降誕祭のツリーに、クーゲルと呼ばれる玉飾りを付けにいかなければならない。これは全生徒、毎年降誕祭正餐の前に各自で製作するものだ。

降誕祭の賑やかな様子に誘われてやってくる悪魔を祓う意味があるらしい。さらに、ツリーの周辺には蠟燭を灯す。こちらは幸せを呼ぶ意味がある。

つまり、降誕祭のツリーは悪魔をはね除け、幸せを呼ぶものなのだという。

魔法学校に入学してから、降誕祭のツリーに関する意味を知った。シーズンになるとやたら街中にあるな、とは思っていたが。

親から子へ、語り継がれるものなのだろう。

父よ、その辺の一般的な知識だけは教えてくれ、と心の中で訴えてしまった。

今年はクーゲルの製作期とチキンの換羽シーズンが重なったので、抜けた羽根を玉飾りに付けてみた。

チキンは『かっこよくなったちゅりね！』と大絶賛だったものの、どこか禍々しい呪いの道具のような仕上がりに思えてならなかった。

まあ、これを見て悪魔がびっくりする可能性はある。魔除けとしてはアリな見た目なのかもしれない。

中庭へはランハートと一緒に行こうか。約束しているわけではないが、たぶんまだ付けに行っていないだろう。

などと考えているところに、扉が叩かれる。

「誰？」

「俺だ」

アドルフだった。以前、紅茶を振る舞ったとき以来の訪問である。

扉を開くと、燕尾服姿のアドルフが立っていた。

去年と違い、きっちり前髪を上げ、大人の紳士然とした様子でいる。

二年前から彼を見ているが、ここ最近、ぐっと大人っぽくなった。

身長も伸びているようで、今では見上げるくらい差が出ていた。

チキンが飛び出さないようポケットを押さえつつ、アドルフに話しかける。

「アドルフ、どうかしたの?」

「一緒にクーゲルを付けに行こうと思って」

「実行委員の仕事はいいの?」

「もう終わった。あとは下級生がなんとかする」

「そうだったんだ」

アドルフが燕尾服を着ているからだろうか。なんだか落ち着かない気持ちになる。

「ランハートも誘っていい?」

「ダメだ」

「え?」

「ふたりで行こう」

そう言って、アドルフは私の手を摑む。ちょうど、蠟燭とクーゲルは手にしていたので、そのまま出ても問題ない。けれども、私の手を握る力が少し強いような気がして、戸惑ってしまう。

急ぎ足で廊下を歩いて行く。

「アドルフ、自分で歩けるから、手を放して」

「嫌だ。こうしていないと、お前はランハート・フォン・レイダーのもとへ、ふらふら行くから」

「ふらふらって、浮気みたいに言わないでよ」

アドルフは立ち止まり、ゆっくり振り返る。眉間に皺を寄せ、目をつり上がらせた世にも恐ろしい表情で私を見下ろす。

「ここ最近、俺が忙しいから、ランハート・フォン・レイダーとの仲を、深めていただろうが！」

「仲を深めるって、ランハートは元から友達だったし」

ランハートと仲良くしているように見えたのは、例のお婆さん扱いが始まりだろう。最近は抗うのを止めて彼の好意を静かに受け入れていたので、余計にそう見えていたのかもしれない。

「それに、アドルフは休憩時間のたびにいなくなっていたから、お喋りのしようがないじゃないか」

「降誕祭正餐の実行委員の仕事を、隙間時間を利用し、やっていただけだ」

「それで、予習とか復習ができなくて、成績が下がったんだ」

「まあ、それもある」

他の理由は何かと問いかけると、ボソボソと小さな声で話し始めた。

「リオニー嬢が、俺が忙しいだろうからって、手紙を控えるって送ってきたんだ。彼女からの手紙がないと、頑張れない」

まさか、私の手紙がアドルフを奮い立たせる材料になっていたなんて。大したことは書いていなかったのだが、アドルフにとって気分転換になっていたのかもしれない。

ここでふと気付く。アドルフは熱心な様子で、グリンゼル地方へ恋文を送っていた。その返信は届かないのだろうか。気になったので、質問してみた。

「アドルフ、その、グリンゼルの知り合いとは、文通はしていないの？」

「ああ、あの人とは――しない。いや、できない」

どこか吐き捨てるような物言いに、ほんの僅かだが違和感を覚える。それは愛しい相手に向ける言葉とはとても思えなかったから。

ずっとずっと、アドルフが薔薇の花束と恋文を贈っているのは、愛しい女性だと決めつけていた。けれども、もしかしたら違ったのか？　なんて考えていたらアドルフは鋭い目で私を見つめていた。どくん、と胸が嫌な感じに脈打つ。

「リオル、グリンゼルにいる俺の知り合いについて、リオニー嬢から話を聞いていたのか？」

「その……そうなんだ。ごめん」

失敗した。この情報はリオニーでいるときに聞いた話だということを、今さら思い出す。核心に迫るような話題だったので、うっかりしていたのだろう。

気まずさを誤魔化すために、視線を宙に泳がせてしまう。そんな私に対し、アドルフは思いがけない指摘をしてきた。

「今、ランハート・フォン・レイダーを探さなかったか？」

「え、なんで？　探していなけれど、どうして？」

「いつもお前は、困ったときにあいつを探すから」

言われてみれば、そうかもしれない。これまで、ランハートに頼りすぎていた。それをアドルフに指摘されるなんて。

「どうして俺と態度が違う？」

「そ、それは——」

おそらくアドルフは今、私とランハートの親密な関係に、嫉妬している。

こうなったら、ランハートとアドルフとの関係の違いについて、説明したほうが手

「なんていうかさ、ランハートは友達なんだけれど、アドルフは親友って感じなんだよね」

「親友？　ランハート・フォン・レイダーはただの友達で、俺は親友なのか？」

「そう！」

するとみるみるうちに眉間の皺が伸びていく。つり上がった目も、僅かに下がった。頬を淡く染め、口元を手で覆っていた。おそらく、嬉しくて微笑んでいるのだろう。どうやら、不機嫌は治ったらしい。作戦は大成功だった。

「アドルフ、クーゲルを飾りに行こうか」

「ランハート・フォン・レイダーを誘わなくてもいいのか？」

「アドルフがいればいいよ」

そう答えると、アドルフは満面の笑みを浮かべる。見た目は大人っぽくなった彼だが、中身は以前のままだ。

そうとわかれば、そこまで過剰に意識せず、自然に振る舞えるのではないか、と思い直すことができた。

そんなわけで、〝親友アドルフ〟と共に、降誕祭のツリーにクーゲルを飾りに行ったのだった。

中庭にはすでに、多くの生徒たちが行き交い、クーゲルをもみの木に飾り、蠟燭に火を点けて立てていた。私たちも手早く行う。

「リオル、知っているか？　この降誕祭のツリーに願いをかけると、いつか叶うと言われているんだ」

「へえ、そうなんだ」

そういう話はまったく把握していなかった。そういえば、よくよく周囲を見てみると、手と手を合わせて何やらお祈りしている生徒が数名いた。

「アドルフ、僕たちも何かお願いをしてみようよ」

「ああ、そうだな」

それから、しばし祈りの時間となる。私は〝これからもアドルフが笑顔で楽しく暮らせますように〟と願った。目を開けると、アドルフは何やら熱心に祈っている。私の倍以上、願い事をしているのではないか。

その様子を眺めていたら、瞼を開いたアドルフと目が合ってしまった。

「な、なぜ俺を見ていた⁉」

「願い事が長いと思って」

「長くない！」

アドルフは頬を真っ赤に染め、必死の形相で言葉を返す。

もしかしたら、想い人について何か願っていたのかもしれない。そういうふうに考えると、胸が苦しくなる。油が切れたゼンマイ仕掛けの玩具みたいに、心がキーキーと悲鳴をあげているような気がした。

「お前とリオニー嬢が健やかに暮らせますように、と願っていた。ふたり分だから、時間がかかっただけだ！」

「僕と……姉上について願ってくれたの？」

「そうだと言っているだろうが」

「アドルフ、ありがとう」

「素直に感謝するな。恥ずかしくなるだろうが」

アドルフは耳まで真っ赤にさせつつ、そっぽを向く。

奇しくも、私たちは互いを思って願っていたようだ。

アドルフの願いはどうせ想い人についてだろう、と勝手に決めつけていた自分が恥ずかしい。

「リオル、お前は何を願ったんだ？」

「秘密」

「は⁉　俺だけ言うのは公平ではない気がするのだが」

「願いは僕が聞き出したわけじゃないのに、アドルフが言い出したんじゃないか」

「それはそうだが……わかった。どうせ、卒業するまで、すべての試験で俺に勝てますように、とか願ったんだろう？」

「それは自分で叶えるつもりだから」

「お前は、なんて自信家なんだ！」

その後も追及が続きそうだったので、アドルフから逃れるため、走って礼拝堂に向かったのだった。

結果、私は逃げ切り、静かにしていないといけない礼拝堂まで行き着いた。

アドルフは私の隣に座り、そのまま讃美歌に耳を傾ける。どうやら、私から離れるつもりはないらしい。

終演後、祝福の蠟燭とシュトレンが配布される。

その後、また願い事について追及を受けるのかと思いきや、アドルフは「寮に戻るぞ」と言うばかり。

そして礼拝堂を出た瞬間、アドルフは取り巻きたちに囲まれる。

「あの、アドルフ、正餐会は一緒だよな？」

「いや、お前たちは好き好きに参加するといい。俺はリオルと一緒にいるから」

毎年、彼は取り巻きに囲まれて正餐会に参加していたが、今年は誘いを断るようだ。

というか、勝手に私と参加することに決定していた。

何か言いたげな取り巻きたちを無視し、アドルフは踵を返す。

その瞬間、私は取り巻きたちにジロリと睨まれていた。

アドルフと行動を共にする私が憎たらしいのだろう。

「リオル、来い！」

そう声がかかるや否や、取り巻きたちは憎しみがこもった視線を泳がせる。なんともわかりやすい奴らだ。

恨みがましい視線を背後に感じつつ、私たちは寮に戻ったのだった。

食堂には降誕祭のごちそうがすでに用意されている。定番である七面鳥の丸焼きに、ジャガイモや芽キャベツのオーブン焼き、鮭や海老のカナッペ、キノコのミルクスープなど、このシーズンにしか食べられない料理が並んでいた。

アドルフがどこに座ろうかと悩んでいる間に、ランハートがやってくる。

「リオル！　お前、どこにいたんだよ。俺、讃美歌の途中で眠っちゃって、先生に注意されたんだぞ」

その言葉を聞いたアドルフはランハートを振り返り、一言物申す。

「讃美歌の最中に眠る奴が悪い」

「あ、アドルフ。そこにいたんだ」

「悪いか？」

「いや、悪くないけれど」

なんというか、タイミングが完全に悪かったようだ。先ほど取り巻きたちと言葉を交わしたばかりのアドルフは、少しご機嫌斜めなのかもしれない。

「リオル、あっちで食べようぜ。みんな待っているから」

「ランハート・フォン・レイダー、残念ながら、リオルは俺と先約済みだ」

「へ、そうなの⁉」

ランハートは驚いた表情で私を見つめる。約束した記憶はないが、いつの間にかそういう流れになっていたのだ。

「えーっと、アドルフ、ランハートたちと一緒に食べる？」

「いや、今年は静かに食べたい」

アドルフが座ると指差したエリアは、教師や寮母などが座っている辺り。あそこは騒げないので、座りたい生徒は限られているのだ。

「ランハートは、あの席じゃ食べないよね？」

「うーん。最後だから、みんなとお喋りしたいし」

「じゃあ、今年は別々ってことで」

降誕祭の正餐会は毎年ランハートと一緒だった。最後の最後で、アドルフと過ごすことになるとは、想定外だった。

「今年もリオルに芽キャベツを食べてもらおうと思っていたのに」

ランハートは芽キャベツが苦手で、私は大好物だった。そのため、毎年分けてもらっていたのだが。今年は頑張って自分で食べてもらうしかないようだ。

アドルフは「好き嫌いをするな。食材のすべてに感謝しろ」とまっとうな一言でランハートを黙らせ、私を席に誘う。

そんな感じで、正餐会が始まったのだった。

今年も、魔法学校の正餐会の料理は絶品だった。前菜を食べている間に、料理人が丁寧に七面鳥を切り分けてくれるのだが、ナイフを入れただけで脂がジュワッと滴ってくる。

肉には特製のグレイビーソースがたっぷりかけられ、付け合わせのジャガイモと芽キャベツが添えられる。

この芽キャベツにグレイビーソースをかけたものが最高においしいのだ。

食後のデザートは、パン粉と小麦粉、牛脂（スーイット）、ナッツを使って作る〝降誕祭プディング〟である。

非常に濃厚な味わいで、食べ応えがあるひと品だ。お腹いっぱいなのに、プディングは不思議と平らげてしまうのである。

正餐会が終わると、談話室にケーキやクッキー、ジュースなどが用意され、皆で盛り上がることが許されていた。消灯時間も、普段より二時間遅くなっている。

食事を終えて談話室へと移動し、私とアドルフは端にあるテーブルを陣取ってお喋りを始めた。

「リオル、今日は付き合ってくれてありがとう。楽しかった」

「こちらこそ」

まさか、殊勝な態度でアドルフからお礼を言われるとは、夢にも思っていなかった。

「ランハートの誘いを断らせてしまって、悪かったな」

「いや、いいよ。二年間、ランハートとは一緒だったし」

少し強引だったが、魔法学校でアドルフと一緒に食事をする機会なんてなかったので、逆によかったのかもしれない。彼との思い出がひとつできて、満足できた。

アドルフはこれから実家に帰るという。

正餐会が終わった瞬間から、帰宅が許可されているのだ。

「お前は友達と談話室で楽しんでくるといい」

「うん、ありがとう」

アドルフと別れ、私は談話室にいたランハートと落ち合う。

「リオル、よかった！　アドルフから解放してもらったんだ」

「まあね」

ランハートはぐっと接近し、私にしか聞こえないような声で問いかけてくる。

「あいつ、お前の正体がわかっていて、あんなふうに牽制(けんせい)してきたわけじゃないよな？」

「たぶん」

アドルフは婚約者である私には勝手に触れないし、乱暴な物言いはしない。あれはリオルだと思っている私のみに見せる態度だ。

「じゃあ俺にリオルを取られたくないから、あんなことをしてきたんだな」

「ランハート、本当にごめん」

「いや、いいよ。俺もリオルに甘えすぎていたところがあったし」

ランハートは急に真顔になって、問いかけてくる。

「ああいうふうに、アドルフから付きまとわれるの、嫌じゃない？」

「いや、別に。平気だよ」

「だったらよかった」

私が嫌だと言ったら、今後は助ける決意を固めていたらしい。ランハートに男装がバレたときはどうしようと思ったが、変わらない態度で接してくれる。感謝してもし尽くせないだろう。

「ランハート、ありがとう。僕は大丈夫だから」

「お前の大丈夫は信用できないんだよなー」

「信じてよ」

ランハートはにかっと微笑み、お菓子が並べられたテーブルのほうへ走って行ってしまった。

「リオルも来いよ。菓子、すぐになくなるから」

テーブルには降誕祭の日に食べられるお菓子が山のように盛り付けられていた。これがたった二時間でなくなってしまうので、男子生徒の食欲は侮れない。

ドライフルーツがたっぷり詰まったミンスパイに、生姜（しょうが）を利かせたジンジャークッキー、バターケーキにキャラメルパイなどなど、胃もたれしそうなほど甘いお菓子の数々である。カップケーキには赤や緑、黄色などの派手な色合いのクリームが絞られていた。炭酸入りのジュースも、普段は売店に売っていないので、皆嬉しそうに飲んでいる。私はランハートが持ってきてくれたミンスパイを囓った。魔法学校の寮母特製のミンスパイは、ナッツが入っていて、食感がザクザクでおいしい。

魔法学校の最後の降誕祭を、私はしっかり堪能（たんのう）したのだった。

第二章　同級生でライバルな男の婚約者として

今年も勉強道具を抱えて実家に戻る。

降誕祭のシーズンだというのに、我が家にはツリーすらない。

ツリーの周囲に蠟燭を立てるのは中庭にある物のみで、一般的な家庭では贈り物を並べるらしい。それは降誕祭の当日に開封するのだとか。

侍女に家族の近況を聞くと、父は泊まり込みで仕事、リオルは十日間ほど地下の研究室に引きこもり、お風呂にも入らずに研究に打ち込んでいるらしい。

「リオニーお嬢様、ご様子を見に行かれますか？」

「十日間もお風呂に入っていないリオルになんて、ぜったいに会いたくない」

侍女は苦笑いを返す。

リオルは幼少期から、お風呂が大嫌いだった。何度入れと訴えても、聞く耳を持たないのである。三日に一度入ればいいほうで、今はもう諦めている。

一年前に浄化魔法という、体中の汚れを除去する魔法を編み出し、リオルは毎日、自分にかけるようになった。そのため、見た目はかなりマシになっているものの、魔法を頼らずにお風呂にゆっくり入ってほしいというのが本音であった。

魔法学校にも、リオル同様にお風呂嫌いの生徒はいた。しかも、ひとりやふたりではないのだ。

さすがに集団生活をするなかで、三日、四日とお風呂に入らないのは許されない。そういう生徒は寮母に捕まり、強制的に入浴させられるのである。さらに、厳しい罰則（ペナルティー）が言い渡されるのだ。

お風呂に入らないというのは、魔法学校では大罪なのである。

うちの寮では、アドルフが特に厳しかった。少し汗臭いだけで、身なりをきちんと整えるように、と注意を受けるのだ。香水で誤魔化してもバレるようで、皆、毎日お風呂に入らざるをえなかった、というわけである。

アドルフは几帳面（きちょうめん）過ぎるところがあるものの、入浴に関する考えだけは同意でしかなかった。

「リオニーお嬢様、婚約者であるロンリンギア公爵家のアドルフ様から、お手紙が届いております」

先に実家に戻っていたアドルフは、その日の晩に私へ手紙を書いてくれたようだ。公爵家の降誕祭パーティーに参加するという手紙を送っていたので、その返信だろう。

部屋で開封し、手紙を読む。内容はもっとも忙しいシーズンが終わったという報告と、降誕祭パーティーを楽しみにしている、というものだった。

アドルフから招待状を受け取っていたのだけれど、忙しくてしっかり見ていなかったのを思い出す。

引き出しから招待状を取り出し、二つ折りになっていたカードを開くと、魔法陣が浮かび上がる。その後、小さな流れ星が現れ、星の絵がキラキラと瞬(またた)いた。

一瞬であったが、これは大叔母が作った輝跡の魔法だろう。こういうふうに招待状に使うなんて、斬新すぎるアイデアだ。これはロンリンギア公爵家が送る招待状の仕様なのだろうか。すばらしいとしか言いようがない。

なんだか降誕祭パーティーが楽しみになってしまった。

ロンリンギア公爵家で行われる、降誕祭パーティー当日を迎えた。

父からは「失礼のないように！」と口を酸っぱくして注意を繰り返されていた。リオルは私に関する興味が薄いようで、アドルフの家に行くと言っても「ふーん」と言うばかりだった。

アドルフが用意してくれたドレスはとてつもなく美しく、最先端の流行を取り入れた一着だと侍女が絶賛していた。

さほどドレスに興味がない私でも、うっとり見入ってしまう。あまり派手じゃなく、落ち着いた色合いなのも好みだ。

アドルフは私を想って選んでくれたのか。だとしたら嬉しい。真珠を使った宝飾品の数々もすばらしい品で、私の肌の色と相性がいいように思える。

社交界デビューのときよりも、なんだかわくわくしている自分に気付いてしまった。

「リオニーお嬢様、大変お美しいです」

「そう？　ありがとう」

このところずっとズボンを穿いていたので、ドレス姿は少しだけ緊張する。それ以上に、これからアドルフの実家に行くので、落ち着かない気持ちを持て余しているのだろう。

チキンは当然留守番である。いつも置いていくと言うと不満を訴えるので、今日は違う手段にでてみた。

「チキン、今日は私の部屋の警備隊長に任命するから、よろしくね」

『任せるちゅり！』

少し出かけると言うと、チキンは翼で敬礼しつつ見送ってくれた。

なんというか、素直な使い魔である。

時間になると、ロンリンギア公爵家から馬車の迎えがやってきた。実家の馬車とは異なる、六頭の馬が引く贅沢な車体に気後れしてしまう。

片手に手編みのセーターが入った包みを抱き、もう片方の手はドレスの裾を摘まんで、馬車へ乗り込んだ。

馬車は石畳をスムーズに走っていく。実家の馬車のように車体がきしんだり、ガタゴトとうるさく音を鳴らしたりすることはない。内装もベルベット仕立てで品がよく、座席に座ってもお尻が痛くならなかった。本当に素晴らしい馬車である。

この馬車ならば、乗り物酔いなんてしないだろう。

我が家の馬車はまだ乗れるからと新調していなかったようだが、買い直したほうがいい、と父に助言しよう。そう、心に決めた。

十五分ほどで、ロンリンギア公爵家に辿り着いた。街屋敷であるというのに、立派な佇まいである。

改めて、アドルフはやんごとない一族の嫡男なのだな、と思ってしまった。

こちらが名乗らずとも丁重なもてなしを受け、侍女のひとりが貴賓室に案内してくれた。

手にしていた贈り物は、アドルフの部屋へ届けてくれるらしい。先に預けておく。

一歩、一歩と廊下を進むにつれて、この場にふさわしくないのでは、とヒシヒシ感じる。慣れたらそうでもないのだろうか？

否、実家とは規模がまるで違う屋敷に、慣れるわけがない。

貴賓室にはすでに、複数のご令嬢やご婦人が待機していた。

全員、アドルフの親戚だろう。顔見知りのご令嬢がいるわけがない。

注目を浴び、針のむしろに座るような居心地の悪さを覚えてしまった。

こういう場では堂々としていなければ、周囲の者たちから軽んじられる。それが、アドルフの立場を危うくすることにも繋がるのだ。

おじけづいてはいけない。そう言い聞かせ、キッと前を見る。

こんなふうに注目を浴びる場は、これまで何度か経験した。一年に一度ある、学習の成果を発表する会に比べたら、なんてことはない。あちらは、全校生徒と教師陣から見られるのだ。

女性陣は十五人ほどいるのか。すべて親戚の女性だろうし、ぜんぜん怖くない。

ドレスの裾を摘まんで会釈し、挨拶をした。

「みなさん、ごきげんよう。私はアドルフ・フォン・ロンリンギアの婚約者である、リオニー・フォン・ヴァイグブルグ、と申します」

にっこりと微笑みかけると、こちらを睨むように見つめていたご令嬢が、少したじろいでいるのがわかった。

なんとか先制攻撃をできたのか？　しかしながら、この場に私の居場所はないように思える。それでも、なんとか馴染んでいくしかない。

これが、私が選んだ道なのだから。

色とりどりのドレスをまとった女性陣が私の一挙手一投足を、固唾を呑んで見ていた。敵対心を含んだ視線が、これでもかと全身に突き刺さっている。

次期当主であるアドルフの妻となる者が、どんな女性か探っているのだろう。

正直、私とアドルフの家柄はまったくつり合っていない。そのため、鳶に好物を奪われたように思う人たちもいるだろう。

女性陣からは喧嘩をふっかけられ、頬を叩かれるかもしれない——なんて最悪の事態が起こりうることまでも覚悟していたのだ。

今のところ、直接攻撃にやってくる様子は感じられない。

ロンリンギア公爵家の女性陣は、攻撃的というよりも保守的なのだろう。

ただ、弱みなんて絶対に見せてはいけない。強くいる必要がある。

私から目を逸らしているご令嬢を発見し、隣まで移動する。なるべく優しい声で話しかけた。

「あの、ここに座ってもいい？」

ご令嬢は私のほうを見上げ、世にも恐ろしいものを見た、という視線を向けている。

自分が話しかけられるとは、思ってもいなかったのだろう。

微(かす)かに震えている様子を見せているので、若干可哀想(かわいそう)になってしまった。

斜め前に腰かけるご令嬢が物申す。

「ヴァイグブルグ嬢、そ、その、申し訳ありません。そこに座る者は、すでに決まっておりまして」

「あら、そうだったの」

女性陣は「格下の家の娘が、調子に乗るな」と言わんばかりの視線を向けていた。

アドルフの取り巻きたちの妬みがこもった視線に比べたら、可愛(かわい)いものだと思うようにする。

「どこか、空いている席はないのかしら？」

シーンと静まり返る。なんとも気まずい雰囲気が流れていた。

ここで貴賓室を去り、アドルフに泣きついたら、私は永遠に彼女たちから軽んじられるのだろう。

結果はありありとわかっていた。負けるわけにはいかない、と気合いを入れる。

私はひとりひとり女性陣を確認し、もっとも敵対するような目で見つめていたご令嬢のところへやってきた。

赤毛に青い瞳の、十七歳か十八歳くらいのご令嬢である。ルビーレッドの美しいドレスをまとっていて、年若い女性陣のリーダー格、といった空気を放っていた。

「こちら、空いているようなので、失礼いたします」

勝手に座るとは思っていなかったのか、ギョッとした表情で私を見つめていた。

「よろしければ、お名前を聞かせていただける？」

会話の主導権なんて渡さない。すぐさま話しかけた。

私はアドルフの婚約者である。立場上、彼女は私を無視なんかできないはずだ。

「私は、カーリン・フォン・グライナーよ」

グライナー侯爵家のご令嬢のようだ。たしか、現公爵であるアドルフの父親の妹が、嫁いだという記録が貴族名鑑に書いてあった。カーリンはアドルフの従妹なのだろう。

「カーリン様のドレス、とってもすてき」

「ええ、ありがとう」

キラリ、と瞳が意地悪な感じに輝いたのを見逃さない。きっとこれから何か物申してくるだろう、と覚悟を決める。

「リオニー様のドレスは、埃色(ほこりいろ)みたいで、いろいろ斬新ですわね」

くすくす、と周囲から控えめな笑い声が聞こえた。年若いご令嬢だけでなく、壮年の女性陣も嘲り笑っている。

困った人たちだ、と思いながら言葉を返した。

「あら、こちらは埃色、と表すのね。実は、このドレスはアドルフ様から頂いた物なのだけれど、カーリン様が埃色とおっしゃっていた、と伝えておくわ」

「なっ⁉」

カーリンの顔色が、みるみるうちに青ざめていく。彼女だけでない。周囲の女性陣も、咳払(せきばら)いをしたり、顔を逸らしたりと、様子がおかしくなっていった。

ここでアドルフの名前は出したくなかったのだが、彼に贈られた品をけなしたのだから仕方がない。

ついでに、言い伝えておく。

「私は世間知らずで、取るに足らない部分があるかもしれないわ。けれども私は、未来の公爵夫人となる者。その名誉を傷付けようとすることすなわち、夫である者を軽んじるということになるの。そのことを、ゆめゆめ忘れないでおくよう、お願いできるかしら?」

カーリンは涙目になりながら、何度もこくこくと頷いた。

彼女のように、真正面から嫌味を言う人間は、まだマシなのだ。

中には、自分の手を汚さずに、害する者だっている。常に警戒するに越したことはない。

しかしながら、お嬢様育ちの彼女らにできる嫌がらせなんてたかが知れている。

何かやらかすとしたら、悪事を企む黒幕が絡んでいるときだろう。

ふう、とため息をついた瞬間、貴賓室の扉が勢いよく開かれる。やってきたのはアドルフだった。

「リオニー嬢!!」

私を発見するや否や、アドルフは急いで駆けてきた。私の前に片膝を突くと、小さな声で「よかった」と呟く。

「リオニー嬢がやってきたら、俺の部屋に呼ぶように従僕に頼んでいたのに、すでに侍女が案内したあとだって言うものだから」

「まあ、そうだったの」

従僕の不手際のおかげで、鮮烈なロンリンギア公爵家の親戚デビューを飾ることができた。これだけ力を示しておいたら、彼女らもこれ以上の悪さはしないだろう。

アドルフは周囲を見渡し、眉を顰める。この場の違和感に気付いたのだろう。和やかとはほど遠い雰囲気だったので、勘付くのも無理はない。

「リオニー嬢、もしや酷いことを言われていないか？」

その一言に、場の空気が一気に凍り付く。ここで私が告げ口したら、彼女たちは一巻の終わりだろう。

しかしながら、ここで女性陣の過失を暴露するのは惜しい。

「いいえ、みなさん、とても親切だったわ。特にこちらカーリン様は、アドルフ様が贈ってくださったドレスを、褒めてくれたのよ」

「ああ、そうだったか」

アドルフは安堵するような表情を浮かべたあと、私をじっと見つめる。熱い眼差しだったので、なんだか照れてしまった。

「ドレス、似合っていてよかった」

「ありがとう」

胸に手を当てて会釈する。カーリンは顔色を青くさせていたが、いじわるをするからそうなるのだ、という言葉しか浮かばなかった。

「俺の部屋でゆっくり過ごそう。ここ最近、紅茶を淹れる方法を学んだんだ。ぜひとも飲んでほしい」

あの、私がさんざん実験台として飲まされた紅茶である。どうやらおいしく淹れることに成功したらしい。

アドルフが格下の家の小娘に紅茶を淹れるという話を聞いて、女性陣は信じがたい、という視線を向けていた。

アドルフは周囲の目なんて、気にしていないようだった。

「さあ、行こうか」

「ええ」

差し出された手に、そっと指先を重ねる。

これまで何度かしてもらったのに、今日はいつもよりドキドキしてしまう。それは彼に対する恋心を自覚してしまったからだろう。

アドルフにエスコートされ、貴賓室を去る。これは勝ち逃げ、ということでいいのだろうか。絶妙なタイミングでやってきたアドルフに、心の中で感謝した。

アドルフは私の肩を抱き、廊下を歩いて行く。

すれ違う者たちは、壁際に避けて深々と頭を下げた。それは使用人だけでなく、親族の人たちも同様に。

彼が未来のロンリンギア公爵であるのだと、まざまざと見せつけられる。

アドルフに対して舞台を観(み)たくないと駄々を捏(こ)ねたり、下町に連れて行って遊んだり、今まで呼び捨てにしたりと、恐ろしいことをしていたのだな、と戦々恐々となる。

アドルフは部屋に辿り着くと、あとに続いていた従僕には下がるよう命じた。

従僕は部屋から出て行く前に、アドルフへ問いかける。

「アドルフ様、お茶はいかがなさいますか？」

「俺が用意するからいい。とにかく、リオニー嬢とふたりきりにさせてくれ」

アドルフが紅茶を淹れると聞いた従僕は、目が飛び出そうなくらい驚いていた。

「では、茶菓子は？」

「菓子店(パティスリー)〝リスリス・メル〟で、森林檎(もりりんご)のパイを買ってきている」

それを聞いた従僕は目を見開き、信じがたいという表情で言葉を返した。

「〝リスリス・メル〟の森林檎のパイって、三時間並ばないと入手できない、アレですか？」

「そうだが？」

事情を把握した従僕は、一礼して下がっていった。扉が閉ざされると、アドルフは私を長椅子のほうへ誘（いざな）ってくれる。

アドルフの私室は赤銅色（カッパーレッド）を基調にした、品のある落ち着いた雰囲気だ。壁に埋め込まれた形の本棚には魔法書がぎっしり収められていて、くすんだ金細工で縁取られた暖炉装飾（マントルピース）はとても豪奢（ごうしゃ）である。大理石の床には、繊細な模様の絨毯（じゅうたん）が敷かれていた。

部屋の中心にローテーブルと長椅子が据えられ、寛げるようにクッションがいくつも置かれている。

「リオニー嬢、楽にしてくれ」

「ええ、ありがとう」

アドルフの部屋で寛ぐ前に、彼にあることを懇願する。

「あの、アドルフ。ひとつだけお願いがあるのだけれど？」

「なんだ？」

「私のことは、リオニーと呼び捨てにしてほしいの」

これまでは、アドルフへの対抗心からリオニー嬢と呼ばせておこう、と考えていた。

しかし今は、リオルのときのように、呼び捨てにしてほしいと思ってしまう。

それに私だけアドルフと呼び捨てにしているのを、ロンリンギア公爵家の人々が知ったらよく思わないだろう。

「リオニー嬢、と呼ばなくてもいいのか？」

「家族になるんだから、ずっと私をリオニー嬢と呼ぶわけにもいかないでしょう？」

「言われてみればそうだな」

「だったら決定ね」

「う、うむ」

一度呼んでみて、とお願いしてみたものの、アドルフは顎に手を添えたまま銅像のように固まってしまった。

「アドルフ、どうかしたの？」

「なんでもない。その……リオニー」

初めてアドルフからリオニーと呼ばれ、なんともくすぐったい気持ちになる。アドルフも慣れていないからか、少し照れているように思えた。

「そ、それはそうと、俺が淹れた紅茶を飲んでくれ」

一応、彼が紅茶を淹れられると知ったのは、婚約者としては初めてだった。驚いた振りをすると、アドルフは誇らしげな表情を浮かべていた。

「紅茶の淹れ方は、リオルに習ったんだ」

「そうだったのね。楽しみだわ」

あれからどれだけ上達したのだろうか。訓練に付き合った身からしても、非常に気になるところである。

アドルフの部屋に招かれて行ったときはまだおぼつかない様子だったが。

彼は用意していた茶器で、紅茶を淹れる。その手つきは、熟達した執事や侍女のようにスムーズだ。あっという間に、紅茶を淹れてくれた。

「さあ、飲んでみてくれ」

「いただきます」

黄金色に輝く紅茶を、一口飲んでみた。

ほどよい渋みと春風のような爽やかな風味が、口いっぱいに広がっていく。ほんのりと甘みも感じて、口当たりはまろやかだった。

「とてもおいしい！」

紅茶を淹れる才能があると絶賛すると、アドルフは嬉しそうに微笑む。

ここまで上達するには、かなり努力したのだろう。それも含めての賞賛であった。

「リオルのほうが上手いが、俺もなかなかだろう？」

リオル（わたし）のほうが上手いだなんて、とんでもない謙遜である。紅茶を淹れる腕は、確実にアドルフのほうが上だろう。

「カップも洗練されていて、すてき」

手書きの可憐（かれん）なリンドウ模様に、金の七宝（ジュール）が大変美しい。カップの持ち手（ハンドル）は弓のように優美なラインを描いていて、手に馴染む。

「そうか。選んだかいがあった」

てっきり執事が選んだ物かと思っていたが、アドルフのチョイスだったようだ。

「これから先、紅茶が飲みたくなったら、俺が淹れてやる。だが、淹れるのはリオニーにだけだ」

「私、だけ？」

「ああ」

「他に親しい人は？」

「あー、リオルにはもしかしたら、淹れるかもしれない。それ以外は、絶対に淹れてやらない」

リオルというのは、私のことである。つまり、世界でただひとり、アドルフが淹れた紅茶を独占できるというわけだ。

薔薇の花束と恋文を贈っている相手には紅茶を淹れないのか。

もしかしたら、紅茶すら飲めないくらい容態がよくないのかもしれない。

それを思うと、胸がツキンと痛む。

こうしてアドルフと楽しく過ごす時間にすら、罪悪感を覚えてしまった。

「このアップルパイは、噂によるととんでもなくおいしいらしい。リオニーのために並んで買ってきた」

「三時間もかけて？」

「ああ。参考書を持って行ったから、思いのほかすぐだった」

この寒空の下、三時間も立ったまま並ぶなんて大変だっただろう。

アドルフはどうしてここまでよくしてくれるのか。

その行動の数々が、他に想い人がいるという罪悪感から行っているようには思えない。もしや、他に愛する女性なんておらず、私だけを大切にしてくれるのではないか、と錯覚してしまう。

けれども、そんなわけはない。アドルフはグリンゼル地方で、想い人に会いに行っていたのだから。

それについて考えると、胸が苦しくなる。なるべく考えないようにしたほうがいいだろう。

私はアドルフ・フォン・ロンリンギアの婚約者だ。

それ以上でもそれ以下でもない。彼の恥にならないよう、凛と務めないといけない。

アドルフの愛する人の存在に心を痛めている場合ではないのだ。

顔を上げると、アドルフが買ってきたアップルパイが目に飛び込む。

「アップルパイは私が切るわ」

「いや、ナイフを握るのは危ないから、俺がやる」

過保護ではないのか、と思いつつも、彼に任せることにした。

なんでも、パイを切り分けるのは生まれて初めてらしい。

アドルフは慣れない手つきで、アップルパイを切り分ける。力加減がわからないからか、サクサクのパイ生地が崩れ、ボロボロになっていた。

「すまない。あまり力を込めると、崩壊してしまいそうだったから」

「わかるわ」

加減をしたら、逆にパイ生地が崩れてしまう。そのため、思い切ってざっくり切り分けるのがパイを切るためのポイントだろう。

私も慈善活動で養育院に行かなければ知らなかった情報である。

「もう一度、切り分けてみよう」

「いえ、こっちをいただくわ。どんな見た目でも、味は変わらないから」

「それもそうだな」

彼と囲んだアップルパイは、とてつもなくおいしかった。

アドルフのもてなしがある程度終わったのを見計らい、彼に贈ったセーターについて尋ねてみた。

「そういえば、私があなたに贈った品物は届いてる？」

手元に届いていたら、何かしらの反応があったはずだ。何も言わないということは、まだ届いていないのかもしれない。

もしかしたら贈り物はロンリンギア公爵家のツリーの下に集められている可能性もあった。しかしながら、侍女はアドルフの部屋に届けてくれると言っていたのだが。

「贈り物？　届いていないが、リオニーは俺に何か用意していたのか？」

「セーターよ」

期待させてはいけないので、中身について自己申告しておく。すると、アドルフはすっと立ち上がり、隣の部屋へ向かった。

「リオニー、贈り物を確認する。来てくれ」

未来のロンリンギア公爵には、私以外からの贈り物も届いているようだ。それらは寝室に運び込まれているらしい。

彼の私的空間に足を踏み入れるのはよくないと思いつつも、量が量だ。私がこの目で確認する必要がある。

寝室には大量の贈り物が無造作に置かれていた。それらは、寝台の上にまでどっかりと鎮座している。

「どういった包みだった？」

「銀の包み紙に、赤いリボンが結ばれた箱だけど」

「似たような物ばかりだな」

「見たらわかるから」

同じような包みはいくつかあったものの、どれも私が贈った包みではなかった。

「どの侍女へ託した？　特徴を覚えているか？」

「背は私よりもずっと低くて、銀縁の眼鏡をかけた侍女だったと思う」

「わかった。執事に報告しよう」

すぐに執事が呼ばれ、私を貴賓室まで案内した侍女がやってくる。

「私はすぐに、近くにいた従僕へアドルフ様の部屋に運ぶよう、頼んでおきました」

なんでも、アドルフの私室には男性使用人以外近づけないようになっているらしい。

そのため、侍女は従僕に頼んだようだ。

「その従僕を呼んできなさい、今すぐに」

「は、はい！」

執事に命じられ、侍女は回れ右をして駆けて行く。

「アドルフ様、リオニー様、この度は使用人の不手際があり、大変失礼いたしました」

「もしも見つからなかったら、侍女は速攻で解雇する！　従僕もだ！」

そこまでしなくても、と思ったものの、ロンリンギア公爵家の屋敷内は厳しい環境にあるのかもしれない。

部外者である私が口出しする権利なんてないのだ。

問題の従僕は、屈強な使用人二名に左右の腕を取られる形でやってきた。おそらく、逃げようとしていたのだろう。

足をじたばたと動かしている。逃亡を諦めていないのか。

アドルフが彼の前に立つと、明らかに顔色を青くさせていた。

「預かった銀色の包みを、どこにやった？」

「し、知りません！」

「知らないわけがないだろうが！」

アドルフが凄み顔で言ったので、従僕は涙目になる。

「つべこべ言わずに、正直に打ち明けろ！」

あまりの迫力に耐えきれなくなったからか、従僕は真実を口にした。

「あの、朝から似たような贈り物が大量に届くので、ひとつくらいなくなってもバレないと思い――通いのメイドに渡しました」

「なんだと!?」

なんでも横恋慕していたメイドに、私が作ったセーターを贈ったのだという。

「そのメイドの名前は？」

「メータ・クルトンです」

「今、そのメータ・クルトンとやらはどこにいる!?」

「陛下の、厨房です」

「——っ！」

アドルフは部屋を飛び出していく。そんな彼を、私は追いかけていった。アドルフは初めこそ急ぎ足だったが、途中から走り始めた。

私はドレスを着ているので、これ以上彼についていくことは難しい。そのため、こっそり加速魔法を使い、ドレスの裾を摑んであとに続く。

あっという間に一階にある厨房へと辿り着いた。

きっと厨房内はこれから行われる降誕祭のパーティーの準備で大忙しだろう。

アドルフはずんずんと厨房内へ入り、よく通る声で叫ぶ。

「メータ・クルトンはどこにいる⁉」

厨房で働く料理人やキッチンメイドたちは、キョトンとしていた。おそらくアドルフの顔を知らないのだろう。

しかしながら、料理長の叫びによって状況は一転する。

「アドルフお坊ちゃん⁉」

それを聞いた者たちは皆、恐れおののき、壁際へと移動して頭を下げる。

「もう一度言う。メータ・クルトンはどこの誰だ？」

「あ、あたしです!!」

　十六歳くらいの、栗毛（くりげ）に黒い瞳を持つキッチンメイドが挙手する。

　アドルフは険しい表情で接近し、低い声で問いかけた。

「従僕から、銀色の包みに赤いリボンが結ばれた贈り物を受け取ったか？」

「は、はい。貰いました」

「それは今、どこにある？」

「な、なぜですか？」

　メータが問いかけた瞬間、料理長の「いいから答えるんだ!!」という怒号が響き渡る。

「あの、その、あまりにも野暮ったくて、あか抜けないセーターだったので、捨てました」

「なんだと!?」

　アドルフの迫力が恐ろしかったからか、メータは涙目になっていた。すぐさまアドルフのもとへと駆け寄り、腕を掴む。落ち着くようにと、耳元で囁（ささや）いた。

「捨てた場所へ案内しろ」

「は、はい」

メイドの休憩室へと急ぐ。突然アドルフがやってきたので、使用人たちが作業する空間である階下は大騒動だった。

休憩室のゴミ箱を覗き込む。中は空っぽだった。

部屋にいたランドリーメイドが、想定外の事実を報告してくれた。

「その中のゴミは、先ほど捨てに行ってましたよ」

アドルフは使い魔のフェンリル、エルガーを召喚し、私を乗せてロンリンギア公爵家の屋敷裏（やしきうら）にある焼却炉まで急ぐ。十分ほど前だったというので、もしかしたら間に合うかもしれない。

どうか間に合ってくれ、と心の中で祈った。

途中、ゴミ捨て用の荷車を引く使用人を発見した。アドルフが凄みを込めた声で叫んだ。

「そこの者、止まれ‼」

「ひ、ひいいいい‼」

目の前に巨大なフェンリルが下り立ったら、誰でも驚くだろう。使用人は腰を抜かしていた。

「メイドの休憩室のゴミはあるか？」

「ご、ございますが……」

さまざまな場所のゴミが回収され、最終的に庭の水路で掬ったドブが入っていた。

つまり、私のセーターは現在、ドブまみれだというわけだ。

アドルフはゴミを見つめ、呆然としていた。

「ねえアドルフ、セーターはまた編むから」

その言葉を聞いたアドルフが、血走った目で私を振り返る。思わず悲鳴を上げそうになったが、喉から出る前になんとか呑み込んだ。

「リオニー、セーターは手編みなのか？」

「え、ええ、そうなんだけど」

「手編みであれば、余計に取り返さないといけない！」

そう言うと、アドルフはドブの中に腕を入れた。

「ちょっと、汚いから！　それに、何が入っているかわからないから危険よ。そこまでする必要はないんだから！」

「そんなことはない！　リオニーが一生懸命作ったセーターを、無駄にするわけにはいかないから」

ドブと言っても下水ではなく、雨水が泥に混ざったものだという。それでも、何日も放置されていたものなので、汚いだろう。いくら言っても、アドルフは止まらない。

私も手伝いたいのはやまやまだったが、アドルフから貰ったドレスを汚すわけにはいかなかった。

五分後——アドルフはセーターを発見する。

すでに開封され、泥まみれだったが、洗ったらきれいになるだろう。

「これが、リオニーが編んでくれたセーターだな？」

アドルフは瞳をキラキラ輝かせ、問いかけてくる。

「あの、まじまじ見るのは洗ってからにしてほしいんだけれど。それよりもアドルフ、あなたの恰好が大変なことになっているわ」

その指摘は耳に届いていないようで、アドルフは嬉しそうにセーターを眺めていた。

「これが、リオニーの手編みセーター！」

「どうせだったら、きれいになってから眺めてくれる？」

「あ、ああ、そうだな」

ドブにまみれたセーターは、ランドリーメイドの手に託された。

アドルフは最後まで手放したくない様子を見せていたものの、セーターの状態をよくよく確認してほしかった。

燕尾服をドブまみれにしてしまったアドルフは、急いで身なりを整えるらしい。

セーター一着のために彼がここまでする必要があったのか、と思ったものの、こうして探してくれたことは嬉しかった。去りゆくアドルフに、一言お礼を言う。

「アドルフ、ありがとう」

「なんの礼だ？」

「セーターを探してくれて」

「そんなの、当たり前だ」

短い会話を交わす中で、やっぱり彼のことが好きだな、と思ってしまった。

私は再びアドルフの部屋に案内され、ゆっくり過ごすようにと言われる。部屋にある本は好きに読んでいいと言ってくれたものの、すべて魔法関連の書籍である。

私が普通のお嬢様だったら、退屈しているに違いない。

アドルフの部屋にある魔法書は、どれも絶版された貴重なものばかりだ。

題名や著者名を見るだけでも楽しい。

喉から手が出るほど欲しかった本があるものの、読みふけっていたら不審がられるだろう。

文字を目で追っているうちに、大叔母が書いた輝跡の魔法についての本を発見する。貴重な本の中で、少し浮いていた。

私も二冊持っていて、魔法学校と実家の私室にそれぞれ置いている。手に取ると、本自体が少しくたびれている印象を受けた。何度も読み返していたのだろうか。

表紙を捲ると、大叔母のサインと共に「〝あなたの人生を輝かせる人に、出会えますように〟」というメッセージが書かれていた。

アドルフと大叔母は会ったことがあるのだろうか？

大叔母らしい、前向きなメッセージである。その言葉は、私の胸にも響いた。

この先、アドルフにはさまざまな試練が立ちふさがるだろう。そういうときに、彼を支えられるような存在になりたい。

大叔母の本を読んでいたら、アドルフが戻ってくる。先ほどまでドブまみれでいたとは思えない、完璧な貴公子然とした姿であった。

「早かったわね。もっと時間がかかるかと思っていたけれど」

「手早く風呂に入るのは、魔法学校で慣れているからな」

魔法学校ではお風呂のお湯が出る時間が決まっている。消灯後は水すら出ないのだ。

そのため、うっかり忘れていたら、大急ぎで入らないといけない。

アドルフは何度も、勉強していて入浴時間の終了が迫っていた、なんてことがあったらしい。

「最短記録は十分だな」

「まあ、すばらしい」

アドルフは私の隣に座り、何を読んでいるのかと覗き込んでくる。

ぐっと接近された瞬間、石鹸（せっけん）みたいないい匂いがしてドキッとした。

「リオニー、輝跡の魔法の本を読んでいたのだな」

「ええ」

「そういえば、リオルも輝跡の魔法を使いたい、なんて話していたな」

「著者は私の大叔母よ。彼女は憧れの女性（ひと）なの」

「ああ！　そういえば、家名がそうだな。なるほど、そういうわけだったのか」

アドルフはしばし考え込むような素振りを見せたあと、私に真剣な眼差しを向ける。

「いつか、リオニーに話そうと思っていたのだが」

「え、何？」

どくん！　と胸が高鳴る。ついに、薔薇の花束と恋文を贈っていた相手について打ち明ける気になったのか――と思いきや、アドルフの話は別件だった。

「俺は社交界に初めて出た日に、輝跡の魔法を作った彼女に出会った」

なんでも、偶然の出会いだったらしい。

「会う人会う人、俺をロンリンギア公爵家の嫡男としてしか見ていなくて、息苦しかった――」

人々はアドルフを祝いながらも、誰もがその向こうにいるロンリンギア公爵に目を向けていたという。

ひとりとして、アドルフを見ていなかったのだ。

アドルフは将来に悲観した。きっとこの先何をしても、認められるのは爵位を継いだ瞬間なのだろうと。

ならば、この先努力をする意味なんてあるのか。

当時、十五歳だったアドルフにはわからなかったという。

アドルフは人に酔ったと言って会場を抜けだし、ふらりと歩いていた先にいたのが大叔母だったようだ。

「廊下の隅で蹲り、見るからに具合が悪そうにしていた。すぐさま介抱し、彼女のために用意されていたという部屋に連れて行ったんだ」

水を一杯飲んだら、顔色はよくなったという。

アドルフは逆に、大叔母から心配されてしまったらしい。

「居場所がない、迷子のようだと言われてしまった。そのとおりだったから、たいそう驚いたのを覚えている」

アドルフがロンリンギア公爵家の者であると名乗っても、大叔母は態度を変えなかった。それで、アドルフは少しだけ心を許してしまったのだと話す。

「俺の中にあるくだらない自尊心をすべて優しく包み込んでくれるような、不思議な人だった。気付いたら、誰かに打ち明けるつもりはなかった胸の内を、すべて彼女に話していた」

大叔母は部屋に置いていた自らの著書を手に取り、アドルフへ言葉を残した。

「それが、その本に書かれた〝あなたの人生を輝かせる人に、出会えますように〟、というものだった」

それは、アドルフを理解し、支えてくれる人が世界のどこかにいるはず。そんな人と人生が交わるようにと願いを込めた言葉だったという。

最後に、大叔母はアドルフにあることを伝授した。

「俺が魔法使いであることを言ったら、簡単な輝跡の魔法を教えてくれた。それは

――〝星降り〟」

輝跡の魔法の中でも基礎的なものだが、簡単な魔法ではない。

大叔母はアドルフの魔法の才能を見抜いて教えてくれたのだろう。

「その後、彼女と別れて会場に戻ったのだが、話しかけてくる者はすべて、父に媚を売りたい者ばかりだった」

うんざりしたアドルフは、露台に避難したらしい。

「ムシャクシャしていた俺は、先ほど習った星降りの魔法を、ありったけの魔力を注いで放った。すると、思いがけないほうから声が聞こえて――」

「あ!!」

思わず、声をあげてしまう。

私は王宮のパーティーで見た、美しい星降りに覚えがあった。

「庭にはドレスをまとったご令嬢がいて、星降りに感激する声が聞こえた。そのご令嬢は友達といたようで、こう言っていた」

――今日は最悪の日だったけれど、今、この瞬間にすてきな日になったわ。どなたか存じあげないけれど、ありがとう!

「その一言を聞いて、とても清々しい気持ちになった。人を喜ばせるとこんなにも心地よい気分になるのかと、初めて知った。あのときの俺を救ったのは、リオニー、君だった」

アドルフは私の手を握り、深々と頭を下げる。

まさか、社交界デビューのときに目にした輝跡の魔法を使っていたのがアドルフだったなんて。

美しい魔法にそのような気持ちが込められていたなど、まったく知らなかった。

奇しくもあのときの私たちは、お互いを励まし合い、奮い立たせる行動に出ていたのだ。奇跡のような偶然だったのだろう。

「リオニーに出会った瞬間、人生が輝いたんだ」

「そんな……私は……」

婚約したばかりの私はとんでもなく卑屈で、アドルフからの誠意にまったく応えていなかった。それなのに、彼はずっと特別な思いを抱いていたという。

「私は、アドルフに何を返せるのかしら……」

「何もしなくていい。傍にいるだけでいいんだ。絶対に、幸せにするから」

アドルフの言葉に、こくりと頷く。

彼と一緒ならば、どんな困難も乗り越えることができそうな気がした――。

「ああ、そうだ。降誕祭パーティーが始まる前に、リオニーを父に紹介しないといけない」

アドルフは苦虫を嚙み潰したような顔で言う。

「父は偏屈な人間で、優しさというものを祖母のお腹に忘れてきたような男だ。できるならば、リオニーに会わせたくない」

けれども、この先結婚するまで、ロンリンギア公爵に挨拶する機会はないという。

今日が最初で最後のチャンスというわけだった。

「父については先に謝っておく。不快な気持ちにさせるかもしれないから」

アドルフは深々と頭を下げ、謝罪した。

まだロンリンギア公爵は何もしていないのに、先に謝るとは斬新すぎるだろう。

「母上については、おそらくこの先も会えないだろう」

「そう、なのね」

母君について口にした瞬間、アドルフの表情が暗くなる。何やらワケアリのようだ。

執事がやってきて、ロンリンギア公爵の準備ができたという。

「リオニー、父上のところに行こう」

「ええ」

アドルフが差し出してくれた手に、指先をそっと重ねる。

決戦に挑むような心持ちで、私は立ち上がった。

降誕祭当日だというのに、ロンリンギア公爵は執務室にいた。まったく歓迎していないという表情で私たちを見る。

白髪が交ざった金の髪に、琥珀(こはく)色の瞳を持つ、この強面(こわもて)の男性がロンリンギア公爵らしい。アドルフとはまったく似ていなかった。きっと、彼は母親似なのだろう。

ロンリンギア公爵は眉間の皺は基準装備、と言わんばかりの険しい表情を浮かべ、盛大なため息を吐いていた。

「父上、彼女がリオニー・フォン・ヴァイグブルグです」

「例の格下の家の小娘か」

嫌味たっぷりに返してくれる。事前にアドルフから話を聞いていたので、内心こんなものか、と考えていた。

「ロンリンギア公爵、お初にお目にかかります、リオニーと申します」

「小娘、紹介はいい。お前の名前など、覚えるに足らないだろう」

「父上、あんまりです！」

「うるさい」

ロンリンギア公爵は乱暴に手を振り、出て行けと行動で示した。

私は深々と頭を下げ、退室する。

扉が閉まると、アドルフは盛大なため息を吐いていた。


そろそろ降誕祭パーティーが始まる時間だがアドルフの部屋は会場から遠いため、私たちは休憩のために用意された会場近くの小部屋で待機していた。

「開始三十分くらいは、父へのおべっかの時間だ。馬鹿馬鹿しくて、とてもではないが付き合ってられない」

「あら、そうなの」

どうやら主催であるロンリンギア公爵の挨拶が終わってから行くらしい。

「それよりも、先ほどは父がすまなかった。重ねて謝罪させていただく」

「ロンリンギア公爵がどういう人物か事前に耳にしていたから、こんなものか、と思ったくらいよ」

アドルフは目を見張り、驚いた表情で私を見つめる。

「父を前にした年若い女性や子どもは、泣いて逃げ回る者が多い。リオニーは肝が据わっているな」

「ロンリンギア公爵は花嫁学校の先生に比べたら、ぜんぜん怖くないわ」

魔法学校を花嫁学校と言い換えておく。その辺も抜かりはない。

「教師に比べたら、父のほうが恐ろしいように思うのだが」

「そうかしら？」

教師はひとりで大勢の生徒を監督しないといけないプレッシャーから、威圧的に振る舞っているのかもしれない。

たまに思い通りにならない生徒がいると、我を忘れたように怒鳴り始める。その様子を前にすると、自分が怒られているわけではないのに萎縮してしまうのだ。

「理性を見失った相手から感じる恐怖ほど、恐ろしいものはないから」

一方で、絶大な権力を持つだけのロンリンギア公爵は、彼らより怖くないように思えた。その背景には、教師よりも精神的な余裕があるからに違いない。

なんて見解をアドルフに説明できるわけがなかった。

「それにしても、ロンリンギア公爵は、よく私との結婚を許してくれたわね」

「まあ、すぐに、というわけではなかったのだが」

アドルフが十五歳で社交界に出た晩、すぐにロンリンギア公爵に対し、ヴァイグブルグ伯爵家の娘に婚約の打診をかけるよう懇願したらしい。

「けれども父は、つり合わないと言って却下した」

それで簡単に引き下がるアドルフではなかった。

「父は厳しい人だが、結果を出した者はきちんと評価し、寛大な態度を見せてくれる。だから、習得が難しい官僚試験に合格し、魔法学校にトップレベルの成績で入学したら、許してくれないかと条件を出した」

なんでも、未来のロンリンギア公爵であるアドルフは、十三歳の頃から父親の仕事を手伝っていたらしい。

実際に王宮へ出仕する日もあったようだ。

官僚試験というのは、年間で三名も合格しない非常に難しいものだ。それを、アドルフはたった三ヶ月で達成した。

「あとは、魔法学校に首席合格するだけだと思っていたが――」

「リオルに阻まれてしまったのね」

「そうだ」

それまで、アドルフは掲げた目標を何事も達成してきた。生まれて初めての敗北が、魔法学校の入学試験だったらしい。

「あそこで首席を取っていたら、すぐにでもリオニーと婚約できていたんだ」

当時、私が首席を取っていたおかげで、二年もの間、アドルフを婚約者として意識しなくてもよかったというわけである。

「リオニーを見かけた日から、一年は経っていた。もしかしたら、すでに結婚する相手が決まっているのかもしれない。リオルから聞きだそうとしたが、首席を取れなかった悔しさがこみ上げてきて、酷い発言をしてしまった」

彼が私扮するリオルに言った言葉は、一語一句覚えている。

――首席になったからといって、調子に乗るんじゃないぞ。そのうち、足を掬ってやるからな。

結婚を目標に頑張った結果、出鼻をくじかれたのだ。悔しかっただろう。

でも、私も私で魔法学校で結果を残そうと必死だった。おそらく、アドルフとの得点にそこまで差はなく、私は単に運がよかったのだ。

「今度こそは聞いてやる。そんな意気込みでリオルに話しかけたのだが」

これも、彼の発言はよーく覚えていた。

――なんだ、嫁ぎ遅れか。

私が結婚しているか確認した挙げ句、とんでもないことを言ったのだ。

さらに、嘲り笑うような顔も見せていた。

「リオニーが結婚していないと聞いた瞬間、喜びがこみ上げてきた。嬉しくてにやけそうになるのを必死になって抑えていたのだが……」

嘲り笑いだと思っていたものは、喜びの感情を抑えつけたものだったらしい。二年越しに、勘違いが正される。なんというか、脱力してしまった。

「父から認められたのは、二学年になった年の夏学期だった。ヴァイグブルグ伯爵家に打診し、了承するという返事があった日は、どれだけ嬉しかったか」

父は私に聞かずに、勝手に結婚話を進めていた。初めこそ怒ってしまったものの、今となっては感謝している。

事前に聞かれていたら、絶対に拒否していたから。

「最終的に、婚約が認められた判断材料はどういったものだったの？」

「それは、君の弟であるリオルの魔法学校での成績や、若くして取得した特許だったらしい。優秀な弟がいるのならば、その姉も〝まあ、酷くはないだろう〟と判断したみたいだ」

「そ、そうだったの」

リオルだけでなく、私の頑張りまで婚約成立の手助けをしていたとは、夢にも思わなかった。もちろん、アドルフの努力が実を結んだことが前提にあるのだろう。

「ロンリンギア公爵家が望む結婚相手は、公爵家以上の高貴な血を持つ者だ。しかしながら、大公家生まれの母は――」

アドルフは視線を宙に浮かせ、苦しそうに眉間に皺を寄せる。

きっと、これまでに何か母子(おやこ)の間で何かあったのだろう。

「すまない。母については、聞いていて気持ちのいい話ではないから――今度、きちんと説明する」

「わかったわ」

会場から音楽が聞こえてくる。降誕祭パーティーが始まったようだ。

「ああ、そうだ。これを渡そうと思っていた」

アドルフが胸ポケットから取り出したのは、ベルベットの小袋。紐(ひも)を解き、中身を手のひらに出す。それは、白金(プラチナ)の美しい指輪であった。

表面には小粒のダイヤモンドがいくつも埋め込まれており、キラキラと輝いている。指輪の内側には、古代文字が彫られていた。

「指輪には、守護の魔法が刻んである。何かあったとき、リオニーを守ってくれるだろう。肌身離さず、持っていてほしい。これは危機が訪れたとき、念じると効果を発揮する」

物に魔法を付与するというのは、とてつもなく難しい技術だ。きっと高価だったに違いない。

まさか、ここまで凝った物を用意してくれるなんて。喜びがこみ上げてくる。

「これは婚約指輪だ。その、気に入ってくれると嬉しいのだが」

アドルフは立ち上がり、私の前にやってきたかと思うと、スッと片膝を突く。

「リオニー、手を」

「え、ええ」

どぎまぎしつつ、指先を差し出した。

アドルフは私の指に、婚約指輪を嵌(は)めてくれる。信じられないくらいぴったりだった。

喜びが胸の中に広がり、満たされた気持ちになる。

「アドルフ、ありがとう。とても嬉しい」

「そう言ってくれると、頑張って用意したかいがある」

なんでも魔法はアドルフ自身が刻んだものらしい。付与魔法(エンチャント)が使えるとは。

魔法はオーダーしたのだろうと思っていたので、驚いてしまう。彼は私が思っていた以上に、優秀な魔法使いだった。

「寮で一生懸命刻んだ。それで勉強がいつもよりおろそかになっていたのか、試験は次席になってしまったのだが、まったく後悔していない」

アドルフが私と三十点も差をあけられ次席だったのは、婚約指輪に魔法を付与していたからだったのだ。

私たちは揃って、降誕祭に贈る物を必死になって作っていたというわけである。

思わず笑ってしまったのだが、アドルフは不思議そうな表情で見つめている。

「ごめんなさい。本当に嬉しくて」

「そうか。だったらよかった」

セーターを貰ったときのアドルフも、こんな気持ちだったのか。なんて考えていたら、心がじんわり温かくなった。

アドルフはまだ、会場に行く気がないらしい。しかしながら、執事がやってきて「そろそろ行かれてはいかがでしょうか？」と申してきた。

「このまま参加しなくてもいいくらいだ。リオニーとここで喋っているほうが、百倍楽しいから」

「アドルフ様、それでは困ります」

ロンリンギア公爵家の親戚一同から、私のせいで参加しなかったと言われても困る。執事も気の毒なので、会場に行こうと声をかけた。

「わかった。では、行くか」

執事はホッと胸をなで下ろした様子を見せたあと、私に深々と頭を下げた。

アドルフが差し出してくれた手を取り、会場を目指す。

ロンリンギア公爵家の広間（サルーン）は、とてつもなく広い。中心には巨大なクリスタルガラスのシャンデリアが輝き、会場内を明るく照らしている。

扉を開け閉めしていた従僕が、高々に声をあげた。

「ロンリンギア公爵のご子息アドルフ様及び、婚約者であるヴァイグブルグ伯爵令嬢リオニー様のご登場です！」

こっそり参加して、会場の人混みに混ざるつもりだったのに、大々的に宣言されてしまった。注目が一気に集まり、穴があったら入りたい気持ちに駆られる。

弱気になってはつけ込まれるだけだ。堂々としていなければならないだろう。

一瞬にして、周囲を取り囲まれる。挨拶攻撃を受けると思いきや、集まってきたばかりの人が避けていく。

ロンリンギア公爵でもやってきたのかと思ったが――とんでもない相手が接近して

いた。

ローズグレイの髪を品良く結い上げた、パウダーブルーのドレスを着こなす十八歳前後の美しい女性。

すぐに、アドルフが耳打ちした。

「隣国の王女、ミュリーヌ・アンナ・ド・ペルショー殿下だ」

思いがけない大物に、声をあげてしまいそうなほど驚いた。けれども、喉から出る寸前でなんとか耐える。

「アドルフ、久しぶりね。元気そうで何よりだわ」

「王女殿下におかれましても、御健勝のようで、お喜び申し上げます」

「堅苦しい挨拶はいいわ。子どものときみたいに、ミュリって呼んでちょうだいな」

ミュリーヌ王女とアドルフは幼少期に付き合いがあったのだろう。王女側は打ち解けた雰囲気でいる。一方で、アドルフは表情や言葉遣いが、堅いように思えた。

「見ない間に大人になっていて、驚いたわ。アドルフだって紹介を受けた瞬間、信じられなかったの」

ミュリーヌ王女の頬はかすかに赤くなっているように見えた。

そういえば、と思い出す。以前、アドルフに隣国の王女から熱烈な手紙が届いていている、なんて噂話があったことを。

もしや、ミュリーヌ王女はアドルフが好きだったのか。

ロンリンギア公爵家の次期当主と、隣国の王女様となれば、誰が見てもお似合いとしか思えない。

ふと、じりじりと焼けるような強い視線に気付く。それは、ミュリーヌ王女の背後から感じるものであった。

先ほど一戦を交えたロンリンギア公爵家の女性陣が、ミュリーヌ王女に従うように背後にずらりと並んでいたのだ。

ここで、彼女たちの態度が反抗的だった理由に気付く。

アドルフが私との婚約を破棄し、ミュリーヌ王女と結婚すると信じて疑っていないのだろう。

たしかな情報があるのならばまだしも、憶測で行動に出るなんて、愚かとしか思えないのだが。

「ねえ、アドルフ。別の部屋でゆっくり話さない？　思い出話をしたいの」

ミュリーヌ王女がアドルフの腕に手を伸ばした瞬間、サッと避けた。

「申し訳ありません、王女殿下。私はリオニーと一緒にいなければならないので、またの機会にお願いいたします」

「え？　でも……」

「それに、昔と言っても、当時は五歳か六歳で、よく覚えていないのです」

なんでも遊んだ記憶というのは、その一回だけらしい。それが数年の時を経て、美化されてしまったのだろうか。

「嘘よね？　私たちだけの記憶があるはずでしょう？」

「当時は未熟な子どもだったゆえ、ご容赦いただければと思います」

アドルフは深々と頭を下げると、私の手を引いてその場から離れる。

「ねえ、アドルフ、待って！」

アドルフは振り返らずに、歩いて行く。私は反射的に、彼女を振り返った。

すさまじい表情でこちらを睨んでいたので、胃の辺りがスーッと冷え込むような感覚を味わう。

そんな目で私を睨んだのも一瞬で、王女はすぐに顔を逸らす。目を伏せ、悲しげな様子でいた。

それを見た臣下らしき男性と侍女が、こちらを見ながら何やらヒソヒソと囁いている。確実に、顰蹙（ひんしゅく）を買ってしまったのだろう。

アドルフは迷いのない足取りで露台の美しいガラス扉を開くと、従僕に招待客を入れないようにと命令した。そこには円卓と椅子、寒くないよう魔石暖炉が置かれていて、あとから軽食が運ばれてきた。

「リオニー、すまない。まさか王女殿下が来ているとは思わず……」

「私はいいけれど、アドルフは大丈夫なの？」

拒絶と言っても過言ではない態度を見せていた。国家間の問題にならないのかと心配になる。

「いや、心配はいらない。父から甘い顔は見せないようにと言われている」

そこまで言ってしまうのなら、なぜミュリーヌ王女をロンリンギア公爵家のパーティーに呼んだのか。疑問に思っていたら、理由があると言う。

なんでもミュリーヌ王女は外交大使としてやってきていたようで、招待するようにと国王陛下から命令があったのだとか。

ロンリンギア公爵家側も、招待はしぶしぶだった、というわけである。

「幼少期より王女殿下との結婚話はいくどとなく浮上していた。しかしながら、父は話を受けるつもりはなかったようだ」

隣国の王女を娶れば、王族との力関係が変わってしまう。そのため、何度も断っていたらしい。

「昔、王女は暗殺を警戒してか男装していて、俺は完全に男だと思っていた。さらに、彼女が王女であることも知らずに、打ち解けていったらしい」

はっきり覚えているわけではなく、おぼろげな記憶だという。

「王女殿下と知らなかった俺の、物怖(ものお)じしない態度が胸に響いたのかもしれない」

何度も会いたいという手紙が届いていたようだが、アドルフ自身は興味がなかったし、ロンリンギア公爵からも止められていたので、断っていたようだ。

「まさか、この場に現れるとは――」

ここで、露台(バルコニー)の扉がトントンと叩かれる。執事がやってきたようだ。

「どうした？」

「あの、隣国の外交官が、アドルフ様とお話ししたいとのことで」

「パーティーの最中に、どうして隣国の外交官と話をしなければならないのか……」

ロンリンギア公爵は「一度会っておけ」と執事に言付けしたらしい。

「リオニーがいるのに」

「私は大丈夫。ここで待っているから」

私の言葉に、アドルフは盛大なため息を返す。

「寒くないか？」

「魔石暖炉があるから平気よ」

「そうか。では、すぐに戻ってくる」

「ええ、待っているわ」

アドルフはやれやれといった様子で露台（バルコニー）から出て行った。

ひとり残された私は、しばしゆっくり過ごさせてもらう。

ロンリンギア公爵と面会するだけでも大変だったのに、隣国の王女までいるなんて思いもしなかった。

あからさまな敵対心は親族の女性陣からしか感じなかったが、ミュリーヌ王女はアドルフと一緒にいる私をいっさい眼中に入れていなかった。それもなんだか恐ろしい。まだ、わかりやすく感情をぶつけてくれたほうがいいように思えてならなかった。

アドルフが隣国の外交官に呼び出されてから、三十分は経ったか。なんだか胸騒ぎがしてならない。一刻も早く、戻ってきてほしい。

願いが通じたのか、扉が開く。

「アドルフ、早かっ――」

立ち上がって一歩前に踏み出した瞬間、彼でないことに気付いた。

「あら、あなたは⁉」

いったい誰なのか、と問いかける間もなく、燕尾服姿の男性が突然襲いかかってきた。男は目にも止まらぬ速さで私に接近し、体当たりしてくる。

「ぐっ‼」

私の体はあっさり吹き飛ばされ、露台の手すりに背中を強打した。

間髪入れずに男は接近し私の首を絞めたかと思えば、そのまま体を持ち上げて、露台のすぐ下にある池に落とそうとしてきた。

真冬の池になんか落ちたら、確実に死んでしまうだろう。

手を外そうと男の手首を掴むが、びくともしない。

「かっ、はっ――‼」

魔法学校に通う中、筋力を付けようと運動してきたのに、成人男性にはまったく歯が立たない。悔しさで奥歯を噛みしめつつも、なんとか抵抗する。

しかしながら、だんだんと意識が遠のいてくる。

もう少し、私に力があればよかったのに。

「ア……アド……ル……フ……」

切羽詰まった状態で彼の名を口にした瞬間、目の前に白く輝く魔法陣が浮かんできた。これはアドルフがくれた婚約指輪に刻まれた、守護の魔法だろう。そういえば、念じれば効果を発揮する、と言っていた。

ここからさらに望んだら、守護魔法が展開されるのだろう。

その前にこの男が誰なのか、証拠を掴みたかった。

けれども顔に見覚えもなければ、こうして襲撃を受ける心当たりはまったく思いつかない。

「う……ぐうっ！」

そろそろ限界だ。残る力をすべて使い、男の袖についていたカフスを引きちぎった。

同時に叫ぶ。

「た、助けて！」

思っていたより声はでなかったものの、魔法が発動される。

巨大なフェンリルが上空から下り立ち、男に襲いかかった。

あれはエルガー、アドルフの使い魔だ。

『ギャウ!!』

「う、うあああああ!!」

男は逃げようとしたものの、エルガーは追撃する。男を露台（バルコニー）のガラス扉ごと押し倒す。ガラスの破片を散らしながら、広間に押し入る形となった。

楽しく談話していた会場の空気は、一瞬にして緊迫したものに変わった。人々の悲鳴が響き渡る。

男にのしかかったエルガーは、首筋めがけて噛みつこうとした。しかしながら、男の姿は一瞬で消えていく。あれは、転移魔法だろう。

高位魔法を使える誰かが、今回の襲撃に加担しているのか。

ふらつきながら、会場に足を踏み入れる。

髪や衣服が乱れた私を見て、誰かが悲鳴をあげた。

そんな私を守ってくれるように、エルガーがやってくる。ふわふわの毛並みに触れたら、恐怖心が少しだけ薄くなったような気がした。

「リオニー!!」

アドルフがやってきて、私をそのまま抱きしめる。

婚約指輪に刻まれた魔法が発動されたのを察知し、ここへやってきたようだ。

「いったい何があったんだ!?　いや、それよりも――」

アドルフは着ていた上着を私の肩に被（かぶ）せ、横抱きにする。あろうことか彼は招待客を威圧するような目で睨み、道を譲るよう無言で促す。

人々が開けた道を、アドルフはずんずんと闊歩していった。

エルガーを引き連れ、会場から去る。

連れてこられたのはアドルフの部屋の寝室だった。ここが一番安全だと判断したのだろう。ゆっくり横たわらせてくれた。

「リオニー、ケガは？」

「ないわ。エルガーが守ってくれたの」

「その、首の痣は、もしや絞められてできたものなのか？」

「ええ……」

アドルフの表情が、一気に険しくなる。

すぐに回復魔法を、と言ってくれたのだが、この首を絞めた痕は何らかの証拠になるかもしれない。今は治さずに、そのままでいたほうがいい。

首に残った手形だけで犯人を捜すのは難しいだろうが、騒ぎの自作自演を疑われては困る。

「苦しかっただろうに」

平気だ、と首を横に振る。アドルフは私の手を握って頬に寄せ、「無事で本当によかった」と呟いていた。

「アドルフがくれた、この指輪のおかげで助かったわ」

これがなかったら、私はきっと池に落とされ、無事ではなかっただろう。

「しかし、魔法の引き金は、助けを求めた瞬間では遅いのかもしれない。悪意を持って近付く者を察知した瞬間、発動するように改良しなければ」

それはいささか過保護ではないのか。その条件ならば、私はしょっちゅうエルガーを召喚してしまう事態になるだろう。

「それにしても、いったい誰がこんなことをしたのか」

「本当に……」

犯人の特徴を、アドルフに伝えておく。

「露台（バルコニー）は薄暗かったので、はっきり姿が見えたわけではなかったのだけれど――」

犯人は顔を隠していなかった。年頃は三十半ばくらいだろうか。身長は五フィート六インチ（百六十七センチ）くらいあっただろう。

細身の体型で髪色は褐色（ブラウン）。瞳は榛色（ヘーゼル）だったような気がする。

「ごめんなさい、あとは記憶になくて」

「いや、十分だ」

執事がやってきて、アドルフの耳元で囁く。彼はそれに対し、舌打ちを返していた。

「父が呼んでいる。ここにエルガーを置いておくから、安心してほしい」

「ありがとう」

ロンリンギア公爵はいったい何が起こったのか、アドルフから事情を聞きたいのだろう。彼と入れ替わるように、侍女がやってきた。乱れた髪とドレスを直してくれる。

元通りになったので、ホッと胸をなで下ろした。

侍女たちはエルガーに睨まれ、気が気でないようだ。お礼を言って、下がってもらう。

ふん！　と荒い鼻息を吐くエルガーの、もふもふとした美しい毛並みに触れる。

「エルガー、さっきはありがとう。とても、勇敢だったわ」

普段、クールな印象があるエルガーだったが、褒められて嬉しかったのだろうか。

尻尾を左右に振っていた。なかなか可愛いところもあるものだ。

しばし時間をもてあましていたら、アドルフが戻ってくる。

「リオニー、すまない。父はリオニーからも話を聞きたいと言っているのだが。嫌ならば断ってもいい」

「いいえ。ロンリンギア公爵のもとへ行くわ」

アドルフに支えられ、ロンリンギア公爵の執務室へと移動した。エルガーもあとに続く。

先ほど見たとき同様に、執務椅子に座って待ち構えていたようだ。腕組みして待つロンリンギア公爵は、回れ右をして逃げたくなるくらいの重苦しい空気をまとっている。自らが主催する降誕祭パーティーで、事件が起きてしまったのだ。こうなってしまうのも無理はないだろう。

「襲撃を受けたようだが、小娘、お前は何をしでかした？」

「父上、その言い方はあんまりです!!」

アドルフが抗議したものの、ロンリンギア公爵は無視していた。

おそらく、私は襲撃を受けるほどの問題ある人物だと見なされているようだ。

「犯人はこのエルガーが匂いを嗅いで当てることができます！」

「そういう調査は、無関係の第三者だからこそ、立証できるのだ」

「しかし――」

「お前に話は聞いていない。小娘、答えろ」

どうやら身の潔白は、自分で晴らすしかないらしい。

「私は襲撃を受けるような心当たりはまったくございません」

「ではなぜ、襲われたのだ？」

意地悪な質問である。心当たりがないものに、理由付けなんてできるわけがない。

「私の個人的な推測を、言ってもよろしいでしょうか？」

「ああ、構わない」

ぎゅっと拳を握り、脳裏を過った犯人の動機を述べる。

「アドルフはかつて、ミュリーヌ王女殿下の結婚相手候補だったと伺いました。ミュリーヌ王女殿下の様子を見る限り、アドルフへの未練があるように思えて――」

「ミュリーヌ王女が婚約者であるお前を邪魔に思い、殺すために襲撃させた、と？」

「いいえ、ミュリーヌ王女が黒幕であるとは決めつけておりません」

「ほう、どうしてそう思う？」

たとえば、ミュリーヌ王女の様子を見た臣下の誰かが忖度し、私を殺すために画策してきた可能性もある。

アドルフがミュリーヌ王女のもとから立ち去ったとき、取り巻きの者たちがヒソヒソと内緒話をしていたのだ。そのときに、何かしらの計画を立てていた可能性がある。

「しかし、ロンリンギア公爵家の誰かでなく、隣国側の者たちが犯人だというのは、大胆な推理だな」

「アドルフが隣国の外交官に呼び出されたあとに、襲撃されたものですから。おそらく、外交官が話した内容は、ミュリーヌ王女殿下との結婚について、だったのでは？」

アドルフのほうを見ると、こくりと頷く。

なんでもミュリーヌ王女殿下と結婚したさいに、ロンリンギア公爵家が受ける多大な益について、こんこんと説明されたらしい。

それでも、アドルフは首を縦に振らなかったようだ。

「結婚話を断って三分ほど経ったあと、リオニーの婚約指輪にかけていた守護魔法が発動した。思い返してみると、俺が断ったから襲撃を命じたように思えてならない」

「しかしそれだけでは、隣国側に証拠として示すことは難しいだろう」

「では、こちらをご覧ください」

ロンリンギア公爵の執務机に、先ほど犯人から引きちぎったカフスを置いた。

「これは――？」

「犯人から奪い取ったカフリンクスです」

カフスには証拠となる家紋などは刻まれていない。けれども触れた瞬間、これは使えると判断したのだ。

「この変哲もないカフスが、どう証拠になると言うのだ」

「こちらのカフスは、〝錫(すず)〟でできたものです」

「錫、だと？」

「ええ」

金、銀に続く高価な金属として有名な錫だが、見た目は銀と変わらない。

「錫は隣国の一部地域でしか採れない、大変貴重な金属です。さらに、我が国では取り引きしていない品物となっています」

「錫は……そうだな。たしかに、我が国では取り引きされていない。しかしながら、錫の見た目は銀と変わらない。どうして錫だと気付いたのだ？」

「錫は、金属の中で唯一、病を患うからです」

「金属が病になる、だと？　そんな話、聞いたことがないが」

ロンリンギア公爵は訝(いぶか)しげな表情で私を見つめるが、アドルフはその理由に気付いたようだ。

執務机に駆け寄り、錫のカフスを手に取って確認している。

「たしかに、これは――」

「見せてみろ」

アドルフはカフスの裏面を向けて、ロンリンギア公爵の手のひらに置いた。

「カフスの端のほうが、ボコボコと突起し、色がくすんでいる。これが、錫の病です」

錫は寒さにめっぽう弱い。低温にさらされると、じわじわと病に侵食されていくように変色し、最終的にはボロボロに朽ちてしまう。

隣国よりも北に位置する我が国に持ち運ぶと、錫はこのような状態になってしまう。これが病の正体だ。

「隣国から我が国へやってくるさいには竜に乗り、大きな山を越えなければなりません。空の上で氷点下にさらされた錫は、そのような状態になってしまうのです」

竜が運ぶ車内は暖かかっただろうが、服などが入った鞄はきっと外にあっただろう。

それゆえ、錫は変化してしまったのだ。

錫の特性については、錬金術の授業で聞いていた。偶然、それが役に立ったというわけである。

「なるほど、病を発症した錫のカフスを付けた男に襲撃された、か。これはたしかな証拠になりうるな」

ロンリンギア公爵は隣国に異議を申し立てるという。それを聞いてホッと胸をなで下ろした。

　不服を訴えるよりも、無罪である理由を納得してもらえたのが何よりも嬉しかった。

「疑いが晴れるまで泊まるように。明日、改めて報告しよう」

「承知いたしました」

　襲撃されたあとなのでロンリンギア公爵家に残るのは恐ろしいが、隣国の者が本気で命を狙うのならば、どこにいても一緒だろう。まだ、ロンリンギア公爵の睨みが利いている屋敷にいるほうがマシなのかもしれない。

「それにしても、小娘、お前はなかなか肝が据わっているな。襲撃を受けながら、たしかな証拠を確保していたとは」

　私の負けず嫌いが、ここでも出てしまったようだ。普通のお嬢様は、ここまで食い下がることなどできないだろう。

「小娘、名前はなんだったか？」

「リオニー、です」

「覚えておこう」

　ロンリンギア公爵は手を振って邪魔者を追い払うように、私たちに下がるよう命じた。

アドルフは私の手を握り、私室へと導いてくれた。

丁寧に長椅子を勧め、ホットミルクを作ってくれるという。

「アドルフはホットミルクまで作れるのね」

「従僕相手に紅茶を淹れる練習をしていたら、夜眠れなくなったと抗議されてな。料理長によく眠れる飲み物を教えてくれと頼んで、ホットミルクのレシピを伝授してもらった」

紅茶には興奮作用がある物質が含まれている。そのため、夜に飲むと眠れなくなることがあるようだ。

小さな鍋にミルクティー用に置いてあったミルクを注ぎ、魔石焜炉で温める。蜂蜜をたっぷり垂らし、カップに注いでくれた。

「口に合うといいのだが」

「ええ、ありがとう」

蜂蜜の甘さが優しい、おいしいホットミルクだった。ようやくここで、心が落ち着いたように思える。

「それにしても、よく錫について知っていたな。もしや、リオルから聞いたのか？」

「実は、そうなの」

「やはりな」

保身のためとはいえ、私が知るはずもない情報を口にしてしまった。今後はこのようなことがないよう、気を付けなければならない。

「リオニー、せっかくの降誕祭パーティーだったのに、怖い思いをさせてしまい、申し訳なかった」

「いいえ、気にしないで。ケガもなく、無事だったから」

アドルフは私を抱きしめ、本当にすまなかった、と重ねて謝罪してくる。

思いがけない密着に、内心あたふたしてしまう。

けれども、不思議と心の中にあった恐怖が薄くなっていくのに気付いた。

襲撃から息つく間もなくロンリンギア公爵に呼ばれたので、行き場のない感情が胃の辺りでモヤモヤしていたのだろう。

アドルフの温もりが、私を優しく包んでくれる。

彼の耳元で、改めてありがとう、と感謝の気持ちを伝えたのだった。

それから私が一晩泊まる部屋に案内される。

離れにある客室だろうと思っていたのだが、アドルフの私室の隣だった。

「客間は親戚たちで埋まっているから、ここを使うといい」

そこは天蓋付きの寝台が置かれた寝室である。

「ここは——誰の部屋だったの？」

客用という雰囲気ではない。アドルフの隣なので、家族のために用意された部屋だろう。

「ここは、その」

アドルフは顔を逸らし、俯く。

もしや、グリンゼル地方で療養している、薔薇の花束と恋文を贈っていた相手のためにしつらえた部屋だったのか。

「アドルフの大切な女性のために、用意した部屋なの？」

「まあ、そうだな」

やはり、と思ったのと同時に、胸が苦しくなる。私なんかがここで休んでもいいものか——なんて思っていたら、想定外の説明を受けた。

「リオニーが結婚後、ここを使えるように、以前から用意していた」

「私の、部屋？」

「ああ」

結婚し離婚するまでは、私を正式な妻扱いしてくれる、というわけなのか。

「ありがとう。嬉しいわ」

「よかった。まだ未完成だが、眠るだけならば問題ないだろう。自分の家だと思って、寛いでほしい」

ここはアドルフの部屋と続き部屋になっているようで、好きなときに行き来できるらしい。

「結婚するまで、この扉を通って俺がやってくることはない」

今晩はエルガーを番犬として、寝室に置いてくれるらしい。少しの物音でも目覚めるというので、頼りになる用心棒だろう。

「ヴァイグブルグ伯爵家には早打ちの馬を送っておいた」

父は不在で、リオルは帰宅しない私を心配なんてしないだろうが、アドルフの心遣いが嬉しかった。

「侍女に湯を用意させよう。隣が浴室となっている。好きに使うといい」

「ありがとうございます」

何かあったときは、すぐに呼ぶように、とアドルフは私の手を握りながら言う。

その温もりを感じながら、こくりと頷いたのだった。

「では、また明日」

「ええ」

「おやすみ」

「おやすみなさい」

アドルフの思いのほか優しい「おやすみ」に、くすぐったい気持ちになる。結婚したら、毎日言い合うのだろうか。そんな生活が、今の私には想像できなかった。

侍女が用意してくれたお風呂に入りながら思う。

アドルフはこれまで、想いを寄せる女性について匂わせたり、行動で示したりすることはなかった。

事情を知らなければ、婚約者を過保護なまでに大事にする優しい男性である。

私ひとりだけが、うじうじと見たこともない女性相手に嫉妬し、自分なんてと卑下していた。

もう、そういうことは止めよう。今、この瞬間から。

アドルフはきっと、結婚しても私を尊重し、大切にしてくれる。

私も彼を尊重し、大切に思わなければならない。

一日の汗と一緒に、卑屈で嫉妬深い醜い感情を洗い流した。

これからは彼が私にしてくれたことを、素直に受け止めよう。そう、心に誓ったのだった。


初めて、ロンリンギア公爵家で一夜を過ごす。

まさか、結婚するよりも先に、こういう機会が訪れるとは思っていなかった。

今晩は眠れないのではないか、と思っていたものの、傍にエルガーがいる安心感からか、横になった途端に睡魔がやってきたので、意識を手放した。


翌日――アドルフと共に、やきもきしながら時間を過ごす。鎮静効果がある紅茶を飲んだものの、まったく落ち着かない。

夕方になって、やっとロンリンギア公爵より呼び出しを受ける。調査の結果が出たらしい。

かなり慎重に調査したようだ。隣国の者も絡んでいるので、無理はないだろう。

「犯人はミュリーヌ王女の侍女と付き合いがある男――ということだった」

アドルフに振られてしまったミュリーヌ王女に同情し、私を亡き者にしようと画策したらしい。逃走のさいに展開された転移魔法は隣国にて高値で販売されている、魔法巻物（スクロール）を使ったものだったようだ。

　突発的に計画された、なんともお粗末な犯行である。私が名家の娘ではないため、殺してもさほど問題にならないだろう、と考えていたのかもしれないが……。

「隣国側は罪を認め、ミュリーヌ王女は今後アドルフへ干渉しない、ということまで約束を取り付けた」

　今後、多額の賠償金が私に支払われるらしい。その代わり、事件について口外しないように、という条件が掲げられたようだ。

　アドルフは険しい表情で苦言を呈する。

「それは賠償金ではなく、口止め料では？」

「言ってやるな。相手が隣国の王族である以上、こちら側もあまり強く出られない」

　事件をきっかけに、隣国との友好関係が崩れたら大変だ。その辺の大人の事情は理解できる。

「まあ、侍女の男がどうこう言っていたが、今回の事件は王女殿下がけしかけたのだろう。隣国側が罪を認めただけでも、儲（もう）けものだ」

　錫のカフスのおかげで、話を有利に進めることができたらしい。

「王女も喧嘩をふっかけた相手が悪かったな。取るに足らない女だと思って、粗末な方法でも仕留められると思ったのだろうが」

ロンリンギア公爵は何を思ったのか、くつくつと笑い始める。

「外交官の焦った表情は、見物だったぞ。よくやった」

思いがけず褒められてしまった。

ロンリンギア公爵が、結果を残した者はきちんと評価する、というアドルフの話は本当だったようだ。

「しばらく身辺に気を付けるように」

「はい」

深々と頭を下げ、ロンリンギア公爵の執務室から出る。

もう家に帰っていいというので、帰宅させてもらおう。

「アドルフ、そろそろお暇（いとま）するわ」

なんて話をしているところに、従僕がやってくる。手には昨日贈った、セーターがあった。

「アドルフ様、お待たせいたしました。洗濯が完了いたしましたことを、報告させていただきます」

汚れていたセーターは、ランドリーメイドの手できれいになっていた。ホッと胸をなで下ろす。持って来てくれた従僕に感謝すると、深々と会釈し、下がっていった。

アドルフはセーターを嬉しそうに眺めている。

「初めて編んだセーターなの。たぶん、粗があると思うのだけれど」

「いや、素晴らしい出来だ。リオニー、本当にありがとう」

喜んでくれて何よりである。頑張ってよかった、と改めて思った。

今度こそ、帰宅しよう。

中央街に出たら、乗り合いの馬車があるに違いない。そう思っていたのに、アドルフに引き留められる。

「家まで送ろう」

「ええ、その、ありがとう」

アドルフはご丁寧にも、ロンリンギア公爵家の馬車で家まで送ってくれた。

リオルに会ってから帰る、と言ったときには焦ったが、きっと夜更かしして昼まで眠っているだろうと伝えると、そのまま帰っていった。

帰宅した私を待っていたのは、チキンだった。

『帰ってくるのが遅いちゅり！』

「ごめんなさい。ちょっといろいろあって」

『もう、置いていかないでほしいちゅりよ！』

襲撃された件を振り返ると、チキンを傍に置いておけばよかったと後悔が募る。

これからはどこかにチキンを忍ばせておこう。

そう誓ったのだった。

第三章　同級生でライバルな男の危機？

宿題や課題学習をしたり、輝跡の魔法を試したり、と休暇期間を過ごす中で、アドルフから二通の手紙が届いた。一通はリオル宛てである。

リオニー宛てのほうは、事件後の私を心配する内容だ。リオル宛てのほうは、都合があえば一緒にでかけたい、というものだった。なんでも、錬金術に関する本を探したいらしい。

ロンリンギア公爵家にない本などあるのか、と思いつつも、誘いに応じる旨を書いた手紙をアドルフへ送り返す。

一応、リオルでいるときと、リオニーでいるときと、筆跡は分けているつもりだ。今回のように、同じタイミングで手紙を返すのは初めてである。

どうかバレませんように、と願うばかりだ。

翌日、アドルフから返事があった。今度はリオル宛てのみである。

いつでもいいと手紙に書いたら、明日の午後から行こう、という話になった。

降誕祭パーティー同様に、家まで馬車で迎えに来てくれるらしい。

悠長に構えていたものの、魔法学校に置いてある以外の私服を持っていないことに気付く。

慌てて、リオルの服を借りに行ったのだった。

こうして迎えた、アドルフとのお出かけ日当日――私は一年前に購入したリオルの服を着て、ロンリンギア公爵家からやってきた馬車に乗り込む。

今日はチキンも同行させた。久しぶりの外出で嬉しいのか、歌を唄っている。

『ご主人を害する者は等しく滅するちゅり～～』

物騒な歌だったが、聞かなかったことにする。

アドルフは紳士然とした、フロックコートをまとっていた。

一方で私は、フリル付きのブラウスにアスコットタイ、ズボンを合わせ、上からジャケットを着るという、少年感溢(あふ)れる恰好である。

アドルフと見比べると、明らかに幼い恰好であった。アドルフは体格も顔付きも、すでに青年のようになっている。街を歩いていても、大人の男性に見られるだろう。

悔しいが、男装生活もそろそろ限界が訪れている証拠だろう。あと数ヶ月、バレないままでなんとかやり過ごしたい。

「リオル、いきなり誘ってすまなかったな」

「いいよ、別に。暇だったし」

「宿題や課題は終わったのか？」

「もちろん」

アドルフも当然、提出物はすべて終わっていたらしい。私もそうだろうと見越して誘ってくれたようだ。

「リオニーはどうしている？　元気か？」

「元気いっぱいだよ」

「事件について聞いたか？」

「聞いた」

アドルフは申し訳なさそうな表情でいる。アドルフのせいではない、と伝えておいた。それから馬車は無言のまま進んでいく。

アドルフは窓を眺めつつ、ポツリと呟いた。

「それにしても、休暇期間が退屈だと思ったのは、生まれて初めてだったな」

なんと彼に学校生活が楽しい、という感情が芽生えているようだ。

「たぶん、リオルとああだこうだと言いながら、勉強しているからだと思う」

「だから、僕に連絡してくれたんだ」

「まあ、そうだな」

アドルフは私をひとりの友達として、一緒に過ごす時間を楽しんでくれているという。なんとも光栄なことである。

馬車は途中で止まり、ここから先は歩きで行くらしい。

「もしかして、表通りにある魔法書店ではない？」

「ああ、そうだ。路地裏にある古い魔法書を扱う店なんだが」

「へえ、そうなんだ」

中央街の路地裏にそういう店があるのは初耳であった。

ただ、心配なのは価格である。魔法書は古ければ古いほど、高値がつく。

父が私に与えた予算で買えるとはとても思えないのだが……。気になる本がないことを祈るばかりであった。

路地に入り、歩くこと十五分ほど。途中で道は行き止まりになった。

高くそびえる壁に、アドルフは何を思ったのか手を添える。

「アドルフ、どうかしたの？」

「ここが店への入り口だ」

「え⁉」

そんな会話をしている間に、魔法陣が浮かび上がる。

何もなかった壁に扉が現れ、覗き込むと地下に繋がる階段が見えた。

階段を下りていった先に、魔法書の古書店があったのだ。

「驚いた。扉を魔法で隠しているなんて」

「ここは会員制の店なんだ。普通の人は入店お断りらしい」

アドルフはロンリンギア公爵の紹介を受け、ここに出入りする資格を得たようだ。

なんでもある程度の資産と魔法使いとしての実力がなければ、店に入ることすらできないらしい。

「僕が一緒にきてもよかったの？」

「一名まで、同行者が認められている」

ただし、一名につき一名までしか紹介することはできないようだ。

扉にある魔法陣に手を触れ、魔力を登録する仕組みだという。

魔力は指紋のように、ひとりひとり異なる性質を持つ。それを利用し、個人を認証させるようだ。

「リオルの魔力も登録するよう店主に頼んでおくから、好きなときに再訪するといい」

使い魔は一体まで入店できるようだ。チキンをお店の前に置き去りにせずに済みそうで、ホッとする。

「アドルフ、本当に僕でいいの？」

「紹介するなら、お前しかいない」

私は今、名前と性別を偽って、アドルフの隣に立っている。

本来ならば、ふさわしくない相手なのだが……。

今、それを気にしている場合ではない。アドルフの好意に甘えることにする。

階段を下り、アドルフが古書店の扉に手をかざすと、自動で開いた。

ギイ、と年季が入った音が鳴り響く。

店内に入ると、想像の斜め上を超えた光景が広がっていて驚いた。

壁一面、本が並べられており、それだけでなく、床や天井にまで本がある。空中をふよふよと泳いでいる本や、床を走る本、犬のようにワンワンと鳴く本など、信じがたい状態の本もあった。

「何、これ？」

「面白いだろう」

店内に人はいない。なんでも欲しい本を手に取り、店を出た瞬間に家に請求書が届くのだという。

「もしも支払わなかったらどうするの？」

「死神みたいな使い魔に襲われるらしい」

「恐ろしい話だ」

それにしても、これだけの数の本があったら、探すほうも大変だ。なんて疑問を口にしたら、アドルフがニッと笑いながら答える。

「いや、欲しい本はすぐに見つかる」

「どうやって？」

アドルフが「五百年以上前に出版された、錬金術関係の魔法書」と口にすると、本棚から次々と本が手元に飛んでくる。ふわふわ浮遊しており、好きな本を手に取って読めるらしい。

「いったいどんな魔法が使われているんだ」

「考えたくもないくらい、複雑な魔法式が展開されているのだろうな」

アドルフが探していた錬金術の魔法書は、金属から作る魔道具について。

「リオニーのために金属から手作りして、身に着けられるお守り(アミュレット)を作りたい」

「それはまた壮大な計画だ」

装備するだけで悪意を跳ね飛ばすような、強力な物を作りたいという。

吟味の末、手に取った魔法書の値段は金貨十二枚。庶民の年収といったところか。

五百年前の本にしたら、まあ、安いほうだろう。なんでも発行部数が多かったので、そこまで価格は高くないらしい。

アドルフは目的の本が見つかって、嬉しそうだった。

「リオルは欲しい本はないのか？」

「今日のところは思いつかないかも」

そういうことにしておく。欲しい本があっても、きっと買えないだろうから。

アドルフと共に店を出る。行き止まりだった壁を振り返ったら、出入り口はなくなっていた。

「リオル、もう一軒付き合ってほしいのだが」

「いいよ」

アドルフの買い物はこれで終わりではなかったらしい。時間が許す限り、付き合うつもりだ。

アドルフは貴族御用達（ごようたし）の商店街に向かい、装身具や宝飾品などを取り扱う小売店（ブティック）の前で険しい表情でいた。

「ねえアドルフ。ここに何を買いにきたの？」

「リオニーへの贈り物だ」

「なんの贈り物？」

降誕祭では婚約指輪やドレス一式をすでに貰っているし、誕生日でもない。贈り物を受け取る理由がまったく思いつかなかった。

「この前、リオニーから手編みのセーターを貰ったんだ。それがとてつもなく素晴らしい品で、お返しがしたい」

降誕祭の日、ドブに沈められたセーターは、ランドリーメイドの手で見事に復活を遂げた。元通りになって、本当によかった。

「それで、リオルに聞きたいのだが、リオニーはどういった品を好んでいるのだ？」

「姉上の好み？」

「弟だったら知っているだろう？」

ここでピンとくる。アドルフは私からそれを聞き出すために同行を頼んだのだろう。魔法書を購入するなんて、別にひとりでもできたのに、と不思議だったのだ。

ただ、姉弟だからといって、好みを把握しているだろうか？

私はリオルに贈ったら喜ぶ物なんてわからない。リオルも私が喜ぶ物なんて答えられないだろう。

それに、私自身が喜ぶ品を、ここで本人に伝えるのもどうかと思う。

「いや、家族だからと言って、そんなの知るわけがないから」

「そんなものなのか？　姉弟だろう？」

「アドルフはロンリンギア公爵の好みは知っているの？」

「知らない」

家族間でもよほど仲良くない限りは、贈って喜ぶ物なんて知らないのが普通だろう。

「別に、相手が何を喜ぶかっていうのは、考えなくてもいいんじゃない？　大事なのは相手に喜んでもらいたいっていう気持ちというか、なんというか」

「それはそうかもしれないが、俺はリオニーが贈り物を開封して、瞳をキラキラ輝かせる顔が見たい!!」

拳を握り、力説される。それを聞いてしまった時点で、そういう反応ができる自信はまったくなかった。

「では、いくつか質問する」

いったい何を質問してくるというのか。少し身構えてしまう。

「彼女は竜の意匠を好んでいるだろうか？」

「……」

以前、竜の胸飾りを贈ってきたことを思い出してしまう。あれを女性に贈るのは、壊滅的なセンスだろう。

「竜は……女性が身に着けるのは、少し勇ましいような」

「なるほど。たしかに一理あるな」

納得してくれたようで、ホッと胸をなで下ろす。

「では、リオニーは、ここにあるような巨大ぬいぐるみを贈って喜ぶだろうか？」

アドルフが指差したのは、店頭の椅子に座らせてある等身大の熊のぬいぐるみだ。

正直、これを貰っても……という感情がこみあげる。けれども、選んでくれたアドルフの気持ちは嬉しいから、笑顔で受け取れるだろう。

「いいんじゃない」

「いい？　それはリオルの個人的な感想だろうが」

「そうだけれど」

リオニーは私だし、なんて言えるわけがない。

「では、質問を変えよう。リオニーの部屋に、ぬいぐるみのひとつでもあるだろうか？」

幼少期にはいくつか所持していたような気がするが、そのどれもがきれいに洗って養育院に寄贈した。現在、私の部屋にぬいぐるみなんてない。

「姉上の部屋にぬいぐるみ？　ないけれど」

「ならば、これを贈っても喜ばない！」

アドルフはバッサリと切り捨てる。

次に立ち止まったのは、宝飾品を取り扱うお店だ。エメラルドの首飾りと耳飾りの半分の一揃い（デミ・パリュール）がガラスのショーケースの中で展示されている。

「リオル、リオニーはこのエメラルドの宝飾品が似合うドレスを持っているだろうか？」

「知らない。姉上のドレスなんて、いちいち気にしないから」

リオルだったらこう答えるであろう内容を、そのままアドルフに伝える。

「ならば、ドレスも贈ればいいのか？」

「セーター一着のお礼に対して、贅沢過ぎるから！ あまり高価な品だと、姉上も気まずくなると思う」

「そうなのか」

ロンリンギア公爵家では、エメラルドの宝飾品をポンポン買えるお金をアドルフに管理させているのか、と思いきやそうではないという。

アドルフが使うお金は、自分で稼いだものらしい。見習いとしてロンリンギア公爵の仕事を手伝っていたという話は聞いていたものの、きちんと報酬を得ていたようだ。

なんでも長年使わずにいたため、相当な額が貯まっているらしい。

「前に、姉上はアドルフからガラスの宝飾品を貰ったと話していたけれど。そういうのでいいんじゃない？」

「ああ、あれか。数ヶ月前なのだが、すでに懐かしいな」

下町で、宝石と同等の値段で売られていたガラスの宝飾品を買ってもらったという、酷いとしか言いようがない出来事だ。

「今思えば、あれはガラスでできた物だとわかっていて、買うように仕向けたのかもしれないな」

「どうしてそう思ったの？」

「リオニーは錫と銀の違いがわかるんだ。ガラスと宝石も、当然見分けられるに違いない」

ご名答である。当時の私はとてつもなく捻くれていて、なんとかアドルフに嫌われようと必死だった。

「俺はリオニーに試されていたのだろうか？」

「だろうね。姉上の性格は、正直言ってよくない」

褒められるような心根の美しさなんて、持ち合わせていないことはたしかだ。

「リオル、リオニーは性格がよくないのではなく、思慮深いのだろう。きっと、ガラスの宝飾品をねだって、俺がどういう反応にでるのか見たかったのかもしれない」

それはまあ、間違いではない。アドルフは人を見る目が意外とあるらしい。

「彼女の我が儘に付き合うのは、楽しかった。今では、そういう無茶な行動をすることはなくなってしまったのだが」

お望みならば、一日中アドルフを連れ回して、我が儘放題してあげるのだが。

「だったら、姉上と一緒に欲しがる物を選んだらよかったのに」

「それはそうかもしれない。けれども、降誕祭パーティーで彼女を危険に晒してしまったので、連れ回すことに危機感を抱いているのだ」

「そう」

ロンリンギア公爵家から護衛を派遣しようか、という申し出もあった。大変ありがたい話ではあったものの、魔法学校にこっそり通っている件が露見しそうだったので、丁重に断った。

新聞の報道によると、ミュリーヌ王女一行は帰国したというので、もう心配はいらないだろう。

相変わらず、アドルフは婚約者に対して過保護なのだ。

なんて、歩きながら話していると、アドルフが突然立ち止まる。

「リオル、これだ！」

彼は瞳をキラキラと輝かせつつ、私を振り返る。

どうやらとっておきの贈り物を発見したようだ。

そこは輸入の陶磁器を販売する小売店である。店頭にあるガラスのショーケースには、美しいカップとソーサーが並べられていた。

「前にリオニーへ紅茶を振る舞ったとき、カップを褒めていたんだ。きっと、贈ったら喜んでくれるに違いない」

たしかに、カップならば大いに興味がある。それにヴァイグブルグ伯爵家には私専用のカップなんてない。さらに、実家のカップは半世紀前に購入した品々で、年季と茶渋が入りまくりである。父に何度か新しく買うようにと頼んだのに、首を縦に振らなかった。

馬車を新調しない件といい、父は節約癖が染みついているのだろう。借金まみれの生活を経験しているので、浪費は敵だと思っているのかもしれない。

カップは宝飾品ほど高価でないものの、値段はそこそこする。アドルフが人気の高い窯元の品を選ばなければいいが……。

「リオル、どう思う？」

「姉上は絶対に喜ぶ」

「そうか！　よかった」

店内に入ると、茶器がずらりと並べられている。さまざまな柄や形状があり、同じ商品はひとつとしてないように思えた。

入店してすぐに、店主と思われる品のよい初老の男性が迎えてくれた。

「いらっしゃいませ。どうぞごゆっくりご覧ください」

アドルフが頷くと、店主は店の奥に消えていった。

まずは店員の目がない状態で、商品を見せてくれるのだろう。賛否はあるだろうが、個人的にはいい店だと思ってしまう。

「リオル、リオニーが好きな花を知っているか？」

「フリージア」

無意識に答えたあと、ハッと口を閉ざす。

好きな花なんて、リオルが知るわけがない。そもそも、私に好きな花なんてなかったはずだ。それなのになぜ？　と考えたところで、気付いてしまった。

フリージアはアドルフとの最初の面会で、貰った花である。それが印象的だったのだろう。

今思い返すと、とても美しい花束だった。

突然アドルフとの婚約を言い渡され、戸惑いの気持ちが大きかったのだが、初めて貰った花束だったので、記憶に残っていたのだろう。

「フリージア？　リオニーはフリージアが好きなのか？」

「あ、いや、前にフリージアの花束を、大事そうに持ち帰ってきたから」

これくらいの情報ならば、リオルが知っていてもおかしくないだろう。とっさによくできたものだと、自分を褒めたい。

「そうか。リオニーはフリージアが好きだったのか。実は以前、リオニーにフリージアの花束を贈ったことがあったんだ」

「そうか。あの花束はアドルフが贈ったものだったんだ。でも、どうしてフリージアだったの？」

薔薇のような華やかさはなく、花束の引き立て役を担うような花だ。フリージアだけの花束、というのは珍しいだろう。

「フリージアの花言葉は、〝無邪気〟。当時のリオニーのイメージだったんだ」

夜会で輝跡の魔法を目にし、はしゃいでいる私がそう見えたのだろう。

社交界デビュー当時の私は、子どもだったのだ。今思うと、人の目があるかもしれない場所で奔放な振る舞いをするなんてありえないだろう。

それにしても、アドルフがフリージアの花言葉について知っていたなんて思いもしなかった。婚約者に竜の胸飾りを贈るくらいのセンスの持ち主だったから。

「だったら、フリージアのカップを探してみよう」

目を皿のようにしつつ、フリージアのカップを探す。しかしながら――。

「リオル、あったぞ」

「それはフリージアではなくて、〝スパラキシス〟」

「フリージアにしか見えない」

「ちょっと違うから」

十五分ほど捜索したが、キリがないと思ったのだろう。アドルフは店主を呼ぶ。

「すまない。フリージアのカップ一式はあるだろうか？」

「はい、ございます」

店主はテキパキとした動きで、ショーケースの上にカップを並べていく。

思いのほか、フリージアが描かれたカップを取り扱っているようで、一度見たところからも運ばれてくる。どうやら見落としていたらしい。

「こちらの五つが、フリージアが描かれた物になります」

「なるほど」

どのカップも、美しく描かれている。甲乙つけがたい。

「迷うな。いっそのこと、全部買ってしまおうか」

「アドルフ、姉上はそんなにいらないと思う」

「うーむ、やはりそうか」

この中からひとつだけ選んでくれ、と心の中で願った。

「店主よ、これらのカップはどう違う？」

アドルフが尋ねると、店主の瞳がよくぞ聞いてくれたとばかりにキラリと輝いた。

「こちらにございます四つのカップは〝軟質磁器〟と申しまして、白土、石膏、水晶などのさまざまな素材を混ぜ、焼き物としては低温で仕上げた物となっております。異国の地でしか作れなかった磁器に憧れた貴族が錬金術師に作らせた物でして、軟質磁器の多くは貴族の趣味やこだわりを取り入れているため、大変美しい仕上がりになっているようです」

「たしかに、この四つのカップに描かれたフリージアは華やかで、パッと見て目を引くな」

「ええ、ええ、そうでしょう？」

なんだか錬金術の授業を聞いているような気分になってしまう。店主の雰囲気が、少しローター先生に似ているからかもしれない。

国内で流通している磁器の多くが、この軟質磁器らしい。錬金術師が作った物だとは知らなかった。

「そしてこちらにございますカップは、〝硬質磁器〟と申しまして、カオリン、長石、白色粘土が混ざった素地を高温で焼き上げた物になります」

硬質磁器の作り方はいまだに解明されておらず、現在も輸入でしか入手できないらしい。大変人気で、入荷してすぐに好事家が買ってしまうようだ。

フリージアはカップの意匠としてはいささか地味なものだから、今日まで売れ残っていたのだろう。

「硬質磁器はなんといっても、真珠のような美しい照りが特徴です。さらに、指先で弾くと、金属のような美しい音が鳴ります」

言われてみたら、たしかに軟質磁器とは見た目が異なるように思える。手に持ったときも、軽く感じた。

店主は私物の硬質磁器のカップを持ってくる。手で弾いてもいいというので、お言葉に甘えさせてもらった。

指先でピンと跳ねると、キーンという高い音が鳴った。

「きれいな音……」

「でしょう」

ちなみに、軟質磁器と硬質磁器は値段が異なる。

軟質磁器四つの価格と、硬質磁器ひとつの値段はほぼ同じだった。

すでに、アドルフはどのカップを購入するか決めていたようだ。

「店主、この硬質磁器のカップを包んでくれ」

「かしこまりました」

商売上手な店主である。けれども説明を聞いたら、硬質磁器がいかに稀少で、美しいものか理解してしまった。

アドルフは腕組みしながら、満足げな表情でいる。

「なかなかいい品が手に入った。これならば、そこまで高価ではないし、リオニーも喜ぶだろう」

「まあ、そうだね」

「ん？　これも高価なのか？」

「大丈夫、大丈夫。心配しないで」

あまりにも贈り物の値段についてやいやい言うものだから、アドルフからヴァイグブルグ伯爵家の財政を心配されてしまった。

「昔よりはお金あるから。単に貧乏性ってだけ」

「そうか」

何かあったら相談してほしい、と真剣な表情で訴えられてしまった。

包装された包みを受け取り、外に出る。アドルフはあともう一軒、行きたいお店があるらしい。

「どこに行くの？」

「魔法雑貨店の本店だ」

それは購買部に商品を卸している、薬草や鉱石、魔法インクなど、さまざまな道具を取り扱う商店だ。

品数は購買部で取り扱っている物とは比べものにならないらしい。

「僕も行きたい！」

「そう言うと思っていた」

アドルフと共に、中央街にある魔法雑貨店を目指した。

貴族の商店街から徒歩十分ほどで到着する。

青い煉瓦（れんが）に白い屋根が特徴的な、三階建ての大きな建物だった。

「ここが魔法雑貨店だったんだ。何度か見かけたことはあったんだけれど」

「これまで来たことはなかったんだな」

「うん」

貴族令嬢は理由もなく好きなときに外出なんかできないし、欲しい品があってもドレスや宝飾品の購入が優先で、好き勝手に使えるお金なんてない。ただ今は、魔法学校に通っているため、自由にできるお小遣いがいくらかある。

声変わりの飴玉（あめだま）がそろそろなくなりそうなので、材料を買っておこうか。

「一階は魔法書と魔法に使う媒介をメインに取り扱っている。二階は薬草などの、魔法薬に使う素材。三階は錬金術に使う道具をメインに扱っているらしい」

「なるほど。僕は二階を見ようかな」

「だったら、買い物を終えたら、外で落ち合おう」

アドルフと一緒でないことがわかり、ホッと胸をなで下ろす。

それはなんに使うのか、と聞かれたら、上手く誤魔化す自信なんてないから。

「では、またあとで」

「じゃあね」

アドルフと別れ、私は声変わりの飴玉の材料を買い物かごに放り込んでいく。

先に会計を済ませたところ、あることに気付いた。

「あれ、これ、いつもより高い？」

独り言のように呟いた言葉に、会計を担当していた女性が反応する。

「あ、もしかして、魔法学校の生徒さんですか？」

「そうだけれど」

「やっぱり！　ここ、魔法学校の購買部より、一割高いんですよ」

「え!?」

なんでも、魔法学校は生徒割引があるようで、街にある魔法雑貨店で購入するよりも安価で購入できるらしい。

そんなシステムがあったとは、盲点だった。

「あ、でも、魔法学校の制服で来店し、生徒手帳を提示した場合に限り、ここの店舗は二割引なんですよ」

「嘘でしょう……!?」

魔法雑貨店のオーナーは魔法学校の卒業生かつ、苦学生だったらしい。

そういう生徒たちを助けるために、こっそり行っているサービスなのだという。

ちなみに情報は売店で働く人たちが握っており、生徒の状況を見ながら教えてくれるようだ。

「知らなかった」

「魔法雑貨店の裏技みたいなものですので、知らない生徒さんは多いと思います」

店員の女性はおまけだと言って、火の魔法巻物（スクロール）をくれた。

「あまり大きな火は出せませんが、暖炉の火を点ける程度だったら十分使えますので」

「ありがとう」

一階では魔法巻物の買い取り及び販売もしているらしい。

「ここって、転移魔法の魔法巻物は売っているの？」

「いやー、ないですねえ。うちの国で転移魔法を使えるのは、ほんの一握りですから」

隣国であれば、専門に作る職人がいて、転移魔法の魔法巻物が出回るという。

やはり以前、降誕祭パーティーで私を襲ったさいに使われたのは、転移魔法用の魔法巻物だったようだ。

「ありがとう」

「またのお越しをお待ちしております」

一階で魔法巻物を見ていると、これまでポケットの中で爆睡していたチキンが顔を覗かせる。

強い風を巻き起こす、嵐の魔法巻物は金貨一枚もする。私のお小遣いでは、とても購入なんてできない。

『ご主人、そんなものを購入しなくても、チキンが見事に嵐を巻き起こしてみせるちゆりよ！』

「はいはい」

チキンの特技は鋭いパンチ、それから嘴ドリル。可愛い見た目に反して凶暴なところがあるチキンは、嵐のような存在だろう。そういうことにしておく。

アドルフがやってくる気配がないので、一階にある魔法に使う媒介も見て回る。

呪文が刻まれた箒に、魔力がこもった指輪、魔法を使うための特別な魔法書、定番の杖など、さまざまな形状が存在する。

私が使う魔法は魔法陣を使うものばかりなので、媒介は特に必要ない。しかしながら、見ているだけで楽しくなってしまう。

養育院で輝跡の魔法を使うときは、物語に登場する魔女みたいに杖を握っていたほうが子どもたちはきっと喜びそうだ。

客の数が多くなってきたので、お店の外に出る。

ぼんやりと空を眺めていたら、アドルフが戻ってきた。

「リオル、待たせたな。寒くなかったか？」

「平気」

寒空の下、ドレスだったら震えていただろう。けれども素地が分厚いジャケットを着ていたので、そこまで寒くなかった。

「アドルフ、ここって魔法学校の制服を着て、生徒手帳を提示したら、一割引をしてくれるんだって」

「そうだったんだな」

アドルフはさすがお金持ちと言うべきなのか、割引率について聞いても、まったく悔しがっていなかった。

「帰るか」

「そうだね」

家に到着したさい、アドルフが「リオニーと会いたい」と言ったらどうしようと思っていたものの、そういう発言はなかったのでホッとする。何はともあれ、アドルフと一緒に楽しいひとときを過ごした。

今日は初めて、アドルフがヴァイグブルグ伯爵家を訪問する。

リオルには地下の部屋から出ないようにと厳命しておいた。メイドや従僕を待機させて、見張りもさせている。きっと大丈夫だろう。

父もアドルフに会いたがっていたが、敢えて勤務が入っている日を選んだ。うっかり秘密を言ってしまいそうで、怖いからだ。

チキンは部屋で眠らせておいたので、その隙を見てアドルフと面会する。

妙な緊張感を抱えたまま、アドルフを迎えた。

「いらっしゃい、アドルフ」

「リオニー、今日は訪問を受け入れてくれて、感謝する」

私としては外で会いたかったのだが、アドルフが危険だから家で会いたいと言ってきたのだ。

「どうぞ、座って」

「ありがとう」

アドルフはまず、抱えていたフリージアの花束を渡してくれた。

「気に入ってくれると嬉しいのだが」

「まあ！　ありがとう」

黄色いフリージアは見ているだけで元気になる。アドルフの初めての訪問で緊張する私を、頑張れと応援してくれるようだった。

花束は侍女に手渡し、花瓶に活けておくように命じておく。

「あと、これは降誕祭の贈り物のお返しだ」

「貰っていいの？」

「ああ。受け取ってくれると嬉しい」

これはアドルフなりの好意だと言い聞かせ、いただいておく。

丁寧にラッピングされたそれは、先日アドルフと選んだティーカップとソーサーだろう。アドルフの期待に応えられるような反応ができるのか。

妙な胸の高鳴りを感じていた。

「えっと、ここで開封してもいい？」

「もちろん」

アドルフはすでに、キラキラとした瞳でこちらを見つめていた。

そんなに期待しないでほしいのだが……。

「な、何が入っているのかしら？」

「それは、開けてからのお楽しみだ」

「ドキドキして、胸が張り裂けそう」

胸が張り裂けそうな理由は、アドルフの期待に応えられるか否か、なのだが……。

小芝居を挟みつつ、ゆっくり、丁寧にラッピングを解く。そしてついに、木箱の蓋を開いた。

「これは――！」

予想通り、木箱の中にはフリージアのカップとソーサーが収められていた。

改めて見ても、美しい硬質磁器である。

先日、説明を聞いたときの感動が、一瞬にして甦ってきた。

「なんて美しいカップなの⁉」

そっと手に取ると、驚くほど軽い。窓から差し込む太陽の光にかざすと、本物の真珠のように輝いているように思えた。

「これを、私に？」

「そうだ」

「アドルフ、ありがとう。本当に嬉しい」

アドルフは安堵したような表情で、私を見つめていた。これは合格点に達した、ということでいいのか。

いろいろと事前に台詞を考えていたのだが、どれも言わなかった。カップ一式を目にした瞬間、自然と感激する言葉がでてきたのだ。

難しく考える必要なんてなかったというわけである。

「あと、お守りも用意したかったんだが、今日までに間に合わなかった」

「お守り？」

「ああ」

以前、出かけたときに作ると言っていた物だろう。本気で製作に取りかかっていたようだ。

「お守りは、アドルフから貰った婚約指輪があるから大丈夫よ」

「それはいくつか問題があった。リオニーが助けを望まないと発動しないなんて、魔法の設計ミスもいいところだ」

ほどほどに、無理はしないようにと言っておいた。

「明日から新学期が始まる。外出許可が取れたら、またここに来てもいいか？」

「ええ、もちろん」

リオルを地下に閉じ込め、父の干渉を阻止しなければならないが、まあ、なんとかなるだろう。

「では、そろそろ失礼しよう」

「ええ」

玄関まで見送りに行こうとしたら、地下からドン!!　という破裂音が聞こえた。

「襲撃か!?」

「いや、あの、たぶんリオルの実験だと思う」

三日に一回くらい、このような音を鳴らすのだ。我が家では日常茶飯事であるものの、アドルフを驚かせてしまったらしい。

「様子を見に行かなくて、本当に大丈夫なのか？」

「従僕がいるから、おそらく確認しているかと」

何度も大丈夫だと言うと、アドルフは「そうか」と納得してくれた。

あれほど大人しくしているようにと言っていたのに、まさか特大の破裂音を響かせてくれるなんて。

「リオルにも挨拶をしたかったのだが」

「今頃、破裂した物の片付けで忙しくしているわ」

「それもそうだな。では、破裂させるのもほどほどに、と伝えておいてくれ」

「ええ」

アドルフはロンリンギア公爵家の馬車に乗り込み、帰っていった。

私は笑顔で見送り、馬車が見えなくなると回れ右をする。

リオルに注意したいのは山々だが、なんだか疲れてしまった。後始末は使用人たちに任せて、少し休もう。

アドルフが言っていたように、明日から新学期だ。今は英気を養わなくては。

あっという間に二週間の休暇期間が終わり、二学期目となる四旬節学期が始まる。

私は荷物をまとめ、実家から寮に戻った。

身辺を警戒せよ、というロンリンギア公爵の言葉を受け、私はアドルフから貰った婚約指輪をチェーンに通し、首飾りにして下げている。絶対に彼に見られないよう、細心の注意を払っていた。

以前、魔法雑貨店で貰った魔法巻物(スクロール)も、ジャケットの内ポケットに忍ばせておいた。小さな火らしいが、何かに役立つだろう。

寮に戻ってきた寮生たちは談話室に集まり、降誕祭をいかに楽しく過ごしたか会話に花を咲かせていた。

談話室が賑やかになるのを見越した寮母は、普段よりもたくさんのお菓子を用意してくれていた。

山盛りのビスケットに、キャラメル、キャンディにスコーンなどなど。

鍋でまとめて煮だしたと思われるミルクティーはピッチャーに五つも用意されていた。紅茶にこだわりがある執事が見たら卒倒しそうな代物だが、人数が多いので仕方がない。一杯一杯丁寧に淹れている場合ではないのだ。生徒が部屋から持参したマグカップになみなみとミルクティーが注がれ、あっという間になくなっていく。

眺めていて気持ちがよくなるほどの、飲みっぷり、食べっぷりだった。

そんな楽しい談話室にアドルフがやってくると、寮生たちの背筋はピンと伸びる。

彼はぴしゃりと注意した。

「あまり、騒ぎすぎないように」

皆、授業中よりも真剣な様子でこくこくと頷いていた。

その一言で去ると思いきや、談話室の端でビスケットを囓っていた私のもとにアドルフがやってくる。

何か用事だろうか。アドルフは私の肩に手を置き、ぐっと接近する。

友達だからこその近さだが、彼を慕う身としては心臓に悪い。

内心慌てふためいていた私に、アドルフが耳元で囁いた。

「リオル、実験の爆発はほどほどにしろよ」

「なっ――!?」

アドルフは片目をぱちんと瞬かせてから去っていく。不意打ちのウインクは心臓に悪かった。

それはそうと、爆発を起こしたのは本物のリオルだ。私が注意されるとは、不本意である。まさか、リオルのやらかした件について注意されるなんて……。

成り代わりの悲しい性なのだろう。

部屋に戻り、明日の授業の予習をしていたところ、扉が叩かれる。

「誰？」

「俺だ」

声の主はアドルフである。いったい何の用なのかと扉を開くと、まさかの姿に驚愕することとなった。

なんと、アドルフは私が作ったセーターを着ているではないか。

「だ、ださっ……！」

「なんか言ったか？」

「な、なんでもない」

竜がでかでかと編まれたセーターは、なんというか、こう、あか抜けなくて野暮ったい仕上がりになっていた。

編み上げたときは、かっこいいセーターができたと信じて疑わなかったのに。

やはり、睡眠時間を削って作業するというのは、正しい判断能力を低下させるのだろう。

「リオル、見てくれ。リオニーが編んでくれたセーターだ。洗練されていて、品があるだろう？」

「アドルフがそう思っているのならば、僕は否定しない」

「どういう意味だ？」

「すてきなセーターだねってこと」

「そうだろう、そうだろう」

しかしまあ、私服で寮内を歩き回ることは禁じられている。部屋着として着用するならば、なんら問題ないだろう。

「リオニーはセーター作りにおいて、天才的なセンスと才能を持っているようだ。リオルもそう思わないか？」

「うん……」

どうやらアドルフはセーターを自慢しにきたらしい。聞いているだけで恥ずかしくなるものの、ここまでお気に召してくれたのならば作ったかいがある。

なんだか話が長くなりそうだったので、部屋に招き入れる。

紅茶はアドルフが淹れてくれた。

茶菓子は焼きたてのスコーン。談話室から出てすぐに、寮母から貰った。いつも食べ損ねるのだが、それに気付いて、こっそり手渡してくれるのだ。

クリームやジャムはないものの、ドライフルーツ入りなので、そのまま食べてもおいしいだろう。

アドルフは優雅に紅茶を飲みながら、問いかけてくる。

「リオルはリオニーからセーターを貰ったことはあるのか？」

「ないよ。姉上の編み物は基本、慈善活動で寄付するために作るだけだから」

こういうふうに言うと、アドルフへセーターを作る行為が慈善活動のように聞こえるのではないか。口にしてからハッと気付く。

しかしながら、アドルフは慈善活動をするリオニーへの関心度のほうが高かったようだ。

「支援のために編み物をするとは、なんと健気で優しい女性なのか」

「前にも言ったけれど、姉上はそんな聖母のような人じゃないから、期待値を上げないほうがいいよ」

結婚し、性格をよくよく理解するようになった結果、相手の一挙手一投足に嫌気が差す、なんて夫婦もいるという。アドルフにはそうなってほしくないので、ハードルは可能な限り下げておきたい。

ちらりとアドルフのほうを見ると、真顔だった。怒っているのか、そうでないのかはわからない。きっと幼少期から感情を読み取れないよう、表情筋を鍛えているのだろう。

「仮にリオニーが猫を被っていたとしても、それはそれでいい」

猫を被る、という表現にドキッとしてしまう。今、男装している私も、猫を被っているようなものだから。

「普段、俺と一緒にいるときは控えめ過ぎるくらいだから、どんどん発言して、自由気ままでいてほしいと思っている」

「公爵家の妻が奔放では困るんじゃないの？」

「それくらいでいないと、親族と渡り合えないだろう」

確かに、アドルフの親戚たちは一筋縄ではいかない。自分を強く持ち、いい意味で我を通さないと、圧倒されてしまう。

「この前の降誕祭パーティーでの、リオニーの毅然とした態度は見事だった。あの父上さえも、一目を置いたくらいだ。リオルにも見せたかった」

「そうだったんだ」

「リオニーが帰ったあと、父上から〝いい婚約者を選んだな〟って褒められて……。誇らしかった」

あの無愛想で冷徹なロンリンギア公爵が私を認めてくれたなんて、想像もできない。

「父上はこれまで、俺を褒めたことなんて一度もなかった。人生初めてのそれが、リオニーに関してだったから、本当に嬉しかったんだ」

生まれたときから未来のロンリンギア公爵になることが決められているアドルフにとって、自分自身で決めた選択というのは極めて少なかったらしい。

その数少ない選択のひとつが、結婚相手だった。

「リオニーは俺が選んだんだから、当たり前の話なのだが」

アドルフは自身ありげな様子で語り続ける。

もう聞いていられない。そう思いつつスコーンを頬張り、紅茶を飲む。

「リオル、スコーンはそのように一気に食べるものではない」

「好物だから」

「ならばなおさら、ゆっくり味わって食べろ」

「そうだね」

思う存分話して満足したのか、アドルフは部屋から去る。

私は深い深いため息を吐いたのだった。

新学期の教室では、寮同様に降誕祭の話でおおいに盛り上がっていた。

人だかりの中心にいたランハートが、私に気付いて手を振る。

「リオル、おはよう！」

「おはよう」

ランハートはこちらにやってきて、背中を軽くポンと叩く。

以前であれば、「二週間ぶりだな、リオル！」と言って体当たりしていたはずだ。

それをしなくなったのは、私が女だと知ったからだろう。

「ランハートを談話室で見かけなかったけれど、ギリギリまで実家にいたの？」

「甥っ子に帰らないでーって泣かれてしまって」

「そうだったんだ」

ランハートは驚くほど以前と変わらない。これまで通り賑やかな友達でいてくれる。

けれども、肩を組んだり、腕を組んだりと、接触してくる回数はぐっと減っていた。

男同士のスキンシップはいささか乱暴なところがあるので、その点は助かっている。

その反面、ほんの少しだけ寂しさを感じるところもあった。

アドルフも私がリオニーだと知ったら、態度が変わってしまうのか。

彼はランハートのように、激しいスキンシップはしない。けれども、リオルでいるときにしか見せない、くしゃっと笑う表情が見られなくなるのは寂しい。

人を騙しておいて、これまで通りの付き合いなんてできるわけがないのだ。

せっかく楽しい新学期を迎えたのに、暗い方向へ考えるのは止めよう。

講堂に移動し、始業式を迎える。そこではアドルフが生徒を代表して、四旬節学期の抱負を発表していた。教室に姿がないと思っていたが、大役を任されていたからだったようだ。立派に読み上げると、拍手喝采が巻き起こる。

隣で、鼓膜が破れそうなくらいの音で手を叩く音が聞こえた。誰だと思って横目で盗み見ると、アドルフの元取り巻きたちだった。

まだ、取り巻きに戻れると思っているのだろうか。いい加減、諦めたらいいものを。

最後に校長のありがたいお話の時間となったのだが、アドルフと内容が被っていたようで、話すことがなくなってしまったと訴え、生徒たちの笑いを誘う。

三分という短い時間で終了となった。

毎度、校長の話は要領を得ず、ただただ長いだけなので、アドルフは生徒たちの心の英雄となっただろう。

始業式を終えると、選択制の授業がある者は各々移動し、ない者は寮に帰っていく。

チキンが私の周囲をくるくる飛び回り、嬉しそうに話しかけてくる。

『新学期が始まったちゅりねえ。チキンはお留守番しなくていい、魔法学校が好きちゅりよお！』

リオニーでいるときは頻繁に屋敷での待機を頼んでしまう。一方、リオルでいるときは常に一緒なので、このように喜んでいるのだろう。

結婚したらチキンはどうしようか。さすがに、実家に置いていくわけにはいかない。リオルから譲ってもらった、なんて嘘はアドルフに通用するだろうか。

リボンを結んで、チキンの妹〝ササミ〟なんて名乗るのはどうだろうか？

『あの、ご主人。今、変なことを考えてないちゅりか？』

「気のせいだから」

『怪しいちゅりなー』

勘が鋭いチキンの頭を撫で、誤魔化しておく。

のんきにお喋りしている場合ではない。魔法生物学の授業を受けるため、授業の前に復習しておく。

教科書をチキンが捲ってくれる。視線を向けただけで、嘴で突いて次のページにしてくれるのだ。教えていないのに、身に着けてくれた芸である。

隣の席に座ったアドルフが、チキンの芸を見て驚きの声をあげる。

「リオルのところの使い魔、そんな繊細な作業もできるんだな」

「まあね。たまに枝毛があったら抜いてくれるし」

「毛繕いまでできるのか」

アドルフが感心したように言うと、チキンは誇らしげに胸を張る。

『チキンは嘴で、チェリーの軸を結ぶこともできるちゅりよ』

「それはすごいことなのか？」

『もちろん、すごいことちゅりよ』

なんてどうでもいい会話をしているうちに、授業が始まる。

教室にいる生徒は七名。

魔法生物学は一学年と二学年のみ必須科目で、三学年からは専門的な内容になるため、選択制となっているのだ。

週に一度授業があって、毎回楽しみにしている。

ロータ―先生がやってきて、点呼を取る。全員揃っているのが確認されると、授業が始まった。

「えー、今日は使い魔の本契約について、学びましょう」

一学年のときに召喚した使い魔とは、仮契約のまま一緒に過ごしていた。二学年の最後の授業で契約解除を学び、ほとんどのクラスメイトが各々のタイミングで使い魔を手放したらしい。

ここにいる七名は、使い魔との契約を解除せずに、継続した者ばかりである。

フェンリルを使い魔に持つアドルフが契約を継続するのは納得していたようだが、私のチキンは意外だとクラスメイトたちに言われた。

チキンは寝るのが趣味で、性格は喧嘩っ早く、かと言って喋る以外に特殊な能力があるわけではない。何か命令したら反抗するときもあるので、扱いが難しい小さな暴君としてクラスや寮の中で名を馳せていたのだ。

私個人としては、チキンがいたおかげで、ずいぶんと癒やされた。

振り返ってみると、気質なども似ているところがあったのかもしれない。二年と約半年の間、私たちは仲良くやってきたのだ。

チキンさえよければ、これからも一緒にいる予定だ。

「これまでは仮契約だったということで、使い魔の実力は三分の一以下でした。しかしながら、本契約を交わすと、実力はそれ以上となり、これまで以上に活躍してくれるでしょう」

仮契約は強制力があるものの、本契約は使い魔側の意思も重要視される。無理矢理従わせることも可能だが、対価として多くの魔力を与えなければならないらしい。

「一学年のときに召喚、仮契約を交わし、二年もの間信頼関係を築いてから本契約をするという流れは、使い魔契約でもっとも理想的な形となっています」

ただ、使い魔は本契約となると、主人が死ぬまで縛られる。そのため、すぐに応じるわけではないらしい。

肩に飛び乗ってきたチキンに、問いかけてみる。

「ねえ、チキン。私と本契約をしてくれる？」

チキンは小さな体だが、自尊心は誰よりも大きい。きっと、説得に説得を重ねないといけないだろう。そう思っていたのだが――。

『いいちゅりよ！』

あっさりと応じてくれた。

言葉を失っていたら、目の前に魔法陣が浮かび上がる。それは、チキンとの本契約を記録したものであった。

「え、嘘！」

今の軽い会話で、本契約が締結されたと見なされたようだ。

ロータ―先生はすぐに気付き、ハッと驚いた顔をしつつ拍手する。

「ああ、ヴァイグブルグ君が、使い魔との本契約を交わしました。皆さん、拍手しましょう」

パラパラと拍手される中、チキンは翼をあげて『どうもちゅり』なんて偉そうに応じている。

本契約を交わしたら、チキンが三倍の大きさになったらどうしよう。なんて思っていたのに、チキンはいつもと様子は変わらなかった。

その後、授業に参加していた生徒たちは、次々と本契約に挑む。

ロータ―先生が話していたとおり、チキン以外にすぐに受け入れる使い魔はいなかった。

最後に、アドルフが挑む。

勇ましいフェンリル、エルガーを呼び寄せ、本契約を持ちかけた。

「我が名はアドルフ・フォン・ロンリンギア。汝（なんじ）、我と共に人生を歩み、影のように従うことを誓え」

エルガーは伏せの体勢を取る。その瞬間に、本契約を結んだことを示す魔法陣が浮かび上がった。

「さすが、ロンリンギア君ですね！」

私もあんなふうに、カッコよく本契約を結びたかった。

後悔しても遅いのだが。

勉強に追われていると、月日が瞬く間に流れていく。休暇期間中、一日を長く感じていたのが嘘のようだった。

窓の外では雪がしんしんと降り積もり、一学年の生徒たちが楽しそうに遊ぶ声が聞こえる。私も一学年のときは、ああして無邪気に遊んだものだ。

二学年から本格的な紳士教育が始まると、あのように遊べなくなるのである。

机に出していた手紙を書く道具を見下ろし、ため息を零す。外で遊べないから、憂鬱になっているわけではなかった。

一ヶ月に一度ある二連休に、アドルフからリオニーへのお誘いがあると想定し、外出届を提出していた。しかしながら、アドルフからのお誘いの手紙は届かない。早とちりだったようだ。

ただ、実家に帰るだけでは惜しい。以前、アドルフと行った魔法雑貨店に制服を着て行ってみようか。二割引は大きいだろう。

ちょうど、輝跡の魔法に使う魔石が不足していたのだ。魔法学校で使えるお小遣いを貰っていたので、使わせてもらおう。

週末――明日から二連休なので、実家に戻るために、必要な勉強道具を鞄に詰め、チキンは外套の内ポケットに突っ込んでおく。

休日は翌日からだが、授業が終わったら帰っていいことになっている。もうすでに太陽が傾きつつある。早く行かないと、あっという間に日が暮れてしまうだろう。

部屋を出ると、外套姿のアドルフも続けて出てきた。

鞄を背負う私とは異なり、アドルフは一冊の魔法書のみ手にしていた。

「リオルも実家に帰るのか？」

「そうだけれど、アドルフも？」

「ああ。国王陛下の晩餐会に呼ばれていて」

さすが、公爵家の嫡男である。よく呼ばれるのかと聞くと、年に一度あるかないか、と教えてくれた。

表情が暗い上に、ため息まで吐いている。よほど、参加したくなかったのか。

「嫌なの？」

「そんなわけあるか。ただ、二連休はリオニーと会おうと思っていたのに、叶わなかったから」

アドルフが憂鬱そうにしていた理由は、婚約者に会えないからだった。

今回の休暇でお誘いがなかった理由を知ってしまう。やはり、アドルフは私と会うつもりだったのだ。

それがわかっただけでも、なんだか嬉しくなる。

「リオル、リオニーにまた今度会おうと伝えておいてくれ」

「わかった」

アドルフとは馬車乗り場まで一緒に歩く。私は乗り合いの馬車で、アドルフはロンリンギア公爵家の馬車で帰るのだ。

「アドルフ、また週明けにね」

「ああ。風邪を引くなよ」

「そっちこそ」

アドルフと別れ、乗り合いの馬車に乗り込む。中央街で下り、魔法雑貨店を目指した。太陽は沈みかけている。思っていた以上に、遅くなってしまった。買い物は手早く済ませないといけないだろう。

『ご主人、鞄は重くないちゅりか？』

「平気だよ」

魔法学校に入学する前ならば、一度、家に帰っていたかもしれない。

今は体力がついているので、魔法書や教科書が十冊は入っている鞄を背負っていても、平気で歩き回れる。

ただ道を歩いているだけで、周囲からちらちらと視線を感じてしまう。というのも、王都にある魔法学校は少数精鋭の選ばれた者だけが通える、エリート学校である。外出もあまりできないため、もの珍しさから注目を集めてしまうのだ。

これも二割引のため、と自らに言い聞かせる。

店で必要な物を買い物かごに入れ、生徒手帳と共に会計を行うと、本当に二割引になった。なんともお得な制度である。

ほくほく気分でお店から出たところ、突然声をかけられた。

「君、魔法学校の生徒？　そのネクタイの柄、三年生だよね？」

「……誰？」

帽子を深く被った、見るからに怪しい中年男性のふたり組である。

「おじさんたち、こういう者なんだ」

いきなり名刺を渡される。グリムス社というのは、国内でも有名な新聞社である。

「アドルフ・フォン・ロンリンギア君のこと、知っているかな？」

なぜ、アドルフについて聞くのか。一気に警戒心が高まった。

「知っているけれど、どうして？」

「今、彼についての情報を探していてね」

質問の答えになっていない。なぜ、アドルフの情報について聞きたがっているのか問いかけたのに。

「国の広報誌に載せるものでね」

「怪しい者ではないんだよ」

「ふーん」

子どもだと思ってそれらしいことを言い、けむに巻くつもりなのだろう。

もしもアドルフにとっていい記事を書くつもりであれば、ロンリンギア公爵家に直接交渉を持ちかけるに決まっている。明日開催される晩餐会で、インタビューだってできるかもしれない。それをしないということは、何かしら悪い記事を書こうとしているのだろう。

「彼について何か情報を提供してくれるのであれば、謝礼を出そう」

記者らしき男のひとりがちらつかせた謝礼は、金貨一枚だ。魔法雑貨店の割引制度を使っている生徒ならば、喜んで飛びつくような金額である。

なるほど、いい場所で待機していたというわけだ。

「ある方面からの噂では、隣国の王女の婚姻話を蹴って成金令嬢と結婚しようとしたり、古くからの恋人を囲っていたりするようだ。それ以外でもいい。何か女性関係について、知っているかい？」

「――！」

もうすでに、アドルフについていろいろと嗅ぎつけているようだ。

そんなことを記事にして、どうするつもりなのか。

ロンリンギア公爵家を敵に回したら大変なことになるくらい、彼らもよくわかっているだろうに。

「なんでもいいんだ。たとえば、女癖が悪かったとか、こっそり飲酒していたとか」

何かあるだろう、と下卑た様子で問いかけてくる。

アドルフの評判を落とすために、誰かが画策しているに違いない。

こんな卑劣な行為など、許せるわけがなかった。

「アドルフ・フォン・ロンリンギアは――」

記者らは前のめりになりつつ、深々と頷く。

「模範的な生徒で、成績は極めて優秀、曲がったことが大嫌いで、学校のいじめを撲滅した。正義感に溢れ、悪を憎むような人物だよ」

期待していた情報が得られず、記者らは明らかに落胆する。

「じゃあこの際、嘘でもいい。この録音できる魔技巧品に向かって、証言してほしい。そうしたら、報酬を与えよう」

そこまでして、アドルフを陥れたいのか。呆れてしまった。

「じゃあいくよ、せーの！」

息を大きく吸い込み、力の限り叫んだ。

「――おじさんたちの記事は、インチキ!!」

周囲の視線が一気に集まる。私は咎められる前に、路地裏へと逃げた。

「この、クソガキが!!」

「待て!!」

私の発言に激怒した記者らは、あとを追いかけてくる。この辺りは以前、アドルフと一緒にやってきた場所だ。

ならば、〝アレ〟がある。

「へへ、この先は行き止まりだ！」

「捕まえて、とっちめてやる！」

悪役みたいな台詞を吐いているが、彼らは本当に記者なのか。それすら怪しいところである。

ポケットに入っていたチキンが飛び出し、問いかけてくる。

『ご主人、あいつらなんて、チキンがとっちめてやるちゅりよ！』

「それはダメ！」

もしも暴力沙汰を起こしたら、退学になってしまう。これまでの努力が水の泡となってしまう。ここは逃げるが勝ちなのだ。

記者らの宣言通り、行き止まりに行き着いた。

目くらましとして、火の魔法巻物（スクロール）を発動させる。小さな光が、記者たちの前に飛び出していった。

この魔法巻物（スクロール）は攻撃性がないもので、火も記者まで届かない。

けれども突然火が現れたら、攻撃だと思うだろう。

「うわ！」

「ぐう！」

記者が顔を逸らした隙に、私は壁の中へと飛び込んだ。

「き、消えた⁉」

「馬鹿な‼」

私が避難した先は、アドルフに教わった魔法書を販売するお店の地下通路である。魔力を登録したので、中に入れるのだ。

魔石灯でぼんやり照らされる中、チキンの温もりを感じながら階段に蹲る。

大変なことになった。アドルフの悪評を流そうとしている記者がいるなんて。

どうしてそうなったのか。考えてもわからなかった。


あれから二時間くらい経ったか。私は息をひそめ、階段に座り込んでいた。

恐ろしかった。思い返しただけでも、ガタガタと震えてしまう。

ひとりだったら、泣いていたかもしれない。しかしながら、私の肩には頼りになる相棒チキンがいた。

「記者の人たち、そろそろいなくなったかな？」

『外に気配はないちゅり』

「そう」

周囲を確認しつつ外に出る。

ずいぶんと遅くなってしまった。懐から懐中時計を取り出すと、二十時過ぎとなっている。

この二連休で実家に戻ることは告げていない。きっと、捜索騒ぎなどにはなっていないはずだ。

帰宅が遅いと父に怒られそうなので、今日は裏口からこっそり帰って、明日の朝に帰ってきたことにしておこうか。

こういう悪知恵ばかり働くのだ。

外に出ると、真っ暗だった。記者に追いかけられた時間帯はまだ夕日が沈んでいなかったのだ。

幸い、貴族街へ向かう馬車は、まだ残っている。もうすぐ最終便が出る時間だろうから、急がなければならない。

人の多さが夕方の比ではなかった。きっと、飲み歩いたり、夜遊びをしたりしている者たちに違いない。

この人混みと暗さの中では、魔法学校の制服でも目立たないだろう。

乗り合いの馬車は――いた！

急げば間に合う。駆けて行こうとした瞬間、背後から叫び声が聞こえた。

「いたぞ！　あの金髪の学生だ！」

耳にした瞬間、ゾッとした。けれども、声はずっと遠い。だから、振り向かずに馬車に乗り込んだら大丈夫。馬車の出発時間も迫っていた。

一歩、強く踏み出した瞬間、服から婚約指輪を通したチェーンが飛び出してきた。

守護魔法が付与された指輪について、すっかり忘れていた。

アドルフに助けを求めようか。そう思ったものの、リオルの状態で私が婚約指輪を持っていたらおかしいと思われるだろう。

こうなったら、自力で逃げ切ってみせる。

馬車まであと少し、あと少しだと思っていたが――ゴッ！　と後頭部に衝撃が走る。

『ご主人――ぢゅん!!』

「おっと、お前はこっちだ」

白くなっていく視界の端で、チキンが鳥かごに入れられているのが見えた。

どうやら、仲間が近くにいたらしい。

帰宅するよりも、騎士に助けを求めればよかったのだ。

何もかも、遅い。

◇◇◇

「おい、いつまで寝てるんだよ！」

腹部に衝撃を受け、目を覚ます。どうやら腹を蹴られたらしい。

ぱち、ぱちと瞬きしたら、ぼやけた視界に数名の男がいる様子が見えた。

人数は四……いや五人いるのか。

服装は先ほどの記者たちよりも、粗暴な印象である。グリムス社の記者に雇われた、無頼漢なのだろうか？　視界から得られる情報は、薄暗いのであまり多くない。

「ううう……」

さらに、言葉を発しようとしたが、上手く喋ることができない。

「むぐ、うぐぐ」

どうやら手足の拘束だけでなく、布を噛まされているらしい。外れないように、後頭部のほうでしっかり結ばれているようだ。

ケガをしたときに口を切ったのか。布は血の味がする。

殴られた頭も、ズキズキ痛んでいた。学生相手に、加減なんてしなかったようだ。

「おい、起きたのか？」

確認のため、もう一撃腹部を蹴られてしまう。

魔法で反撃しようにも、手足を縛られているので、思うように動けなかった。魔法は呪文と魔力、そして杖や指輪、魔法陣などの媒介があって初めて発動させられる。どれかが欠けていたら、不完全な魔法となって術者に牙を剝くのだ。

腹立たしい気持ちを心の中で爆発させていたら、リーダー格の男が声をかけてくる。

「目が覚めたようだな」

「うぐぐ、うぐ！」

彼らがアドルフの情報収集をしていたのか？

それにしても、ここはいったいどこなのか。薄暗くてよくわからないが、木箱がたくさん置かれている。工場のような、倉庫のような、そんな雰囲気である。埃臭く、手入れが頻繁にされているような場所ではない。天井が高く、上部にある窓から太陽の光が差し込んでいた。

「む――うぐぐ⁉」

なぜ、どうして？　そんな疑問を口にしようとしたが、噛んでいる布のせいで言葉を発することは叶わなかった。

私が襲撃を受けたのは、夜の二十時くらいだったはずだ。それがどうして、日中になっているのか。

……どうやら私は殴られたあと、太陽が昇るまで気を失っていたらしい。

男のひとりが、何やら手元で小さな物をぶんぶん振り回している。

よくよく見たら、それはアドルフがくれた婚約指輪だった。

「ぐう、うぐぐ！　うう！」

返せ、という言葉は発することができなくても伝わったのだろう。男は馬鹿にしたように笑いつつ、私の訴えに対して答える。

「魔法が刻まれた指輪なんか、渡すわけないだろうが」

男たちは多少、魔法の知識があるらしい。奥歯を嚙みしめる。

ここでふと、チキンがいないことに気付く。周囲を見回すと、木箱の上に鳥かごがあった。鳥かごの中には、ぐったりしているチキンの姿が確認できる。なんて酷いことをするのか。

「使い魔に酷いことをしやがって、とでも言いたげな顔だな。だが、酷いのはお前のほうだ。噓を言って、大人たちを欺くなんて」

どの口が言うのだ。なんて言葉はどうせ喋ることはできないので吞み込む。

彼らを刺激したら、きっと酷い目に遭う。一刻も早くここから脱出し、チキンを治療してあげないと。

取り引きをして、この場から脱出する必要がある。まずは、ここがどこなのか把握しなければならない。

おそらく、王都のどこかか、離れていても郊外くらいだろうが。

キョロキョロしていたら、リーダー格の男が嘲笑いながら情報を開示する。

「ここはグリンゼル地方の某所だ。周囲に民家はないから、叫んでも無駄だぞ」

「むぐ!?」

グリンゼル地方!? 馬車でも一日半かかる距離にいたなんて、思いもしなかった。

「転移魔法できたんだよ」

ひらひらと長方形の紙切れを見せつけられる。間違いなく、転移魔法が使える魔法巻物であった。

なぜ、彼らがそれを持っているのか? 転移魔法の魔法巻物は隣国でしか流通していないというのに。

もしかしたら、裏社会では流通しているのかもしれない。

想定外の移動距離に、呆れてしまう。

そこまでしてアドルフの情報を求めるとは。いったいどういうことなのか。

「自分の状況をよくよく理解してもらったところで、取り引きでもしようか。アドルフ・フォン・ロンリンギアについて知っている情報を提供したら、ここから解放してやる。もしも応じない場合は、二度と、家に帰れないと思え」

そんなの取り引きでもなんでもない。ただの脅迫だろう。

首を横に振っていたら、リーダー格の男がしゃがみ込んで上から目線で告げる。

「調べたところ、お前がアドルフ・フォン・ロンリンギアともっとも打ち解けた生徒らしいな。すでに摑んでいるんだよ。知らない振りは許さないからな」

リーダー格の男は大ぶりのナイフを取り出し、私の首筋に近付けながら質問を投げかけてくる。

「グリンゼルに、アドルフ・フォン・ロンリンギアの愛人がいるんだろう？　その女はどこにいる？」

口元の布が外される。

「……なぜ、自分たちで調べない？」

新聞社の記者ならば、独自に調査し、情報を得ることが可能だろう。魔法学校の生徒を誘拐するという危険で手荒な手段なんて使うわけがない。

「どうしてって、それは見つけられなかったからに決まっているだろうが。街の奴らが話していた赤い屋根の屋敷は、別の貴族の家だったからな」

グリンゼルの街では、以前、ちょっとした噂になっていた。たしか、〝観光地から北に進んでいくと、霧ヶ丘って呼ばれる場所があるらしい。そこに赤い屋根の屋敷がある。その屋敷に、薔薇と恋文が届けられているんだ〟という話だったか。

「いくら王都から荷物を追いかけても、いつの間にか忽然と消えているらしい。魔法か何かで配達している可能性もあるようだが、お前、何か聞いていないか？」

男はぐっと接近し、にたにたと笑いながら問いかけてくる。

「あれくらいの年齢の男は、愛人なんていないだろう？　学校で、自慢して回っていたんじゃないか？」

「アドルフはそんな人じゃない！」

とっさに言い返すと、またしても腹を蹴られてしまう。

「う……ぐっ」

こうなることは想定できたはずなのに、好き勝手言われることが許せなかったのだ。

「くそが！　まだ庇うつもりなのか⁉　情報提供したら、無傷で帰してやろうと思ったが。お前、この倉庫を死に場所にしたいのか？」

「死に、場所？」

「そうだ。お前が喋らないのであれば、ここの倉庫にうっかり火を放つかもしれない。新聞にはこう報じられるだろう。魔法学校の生徒が家出し、隠れていた場所で火の扱いを誤り、焼死してしまった、とな」

家出をする動機はないが、実家を詳しく調査されたら、私自身の秘密が明らかになってしまう。男装をし、魔法学校に通っていたなんて普通ではない。何かしらの悩みを抱え、家を飛び出し、問題を起こしてしまった——というのは、まったく不自然ではないだろう。

つまり私が死んでも、悪人は絶対に捕まらないというわけだ。

話すつもりはないと判断されたのか、口に布を詰め込まれそうになった。その瞬間、私は証言する。

「き、霧ヶ丘には、いくつか屋敷がある。普段は魔法で隠されていて、外部の人間は入れないようになっているんだ」

口からでる言葉に任せて、いい加減な証言をする。けれども、グリムス社の記者が嗅ぎ回っても見つけられないということは、おおよそ間違いではないだろう。

必死になって訴えたが、これ以上情報を引き出せないと思われたのか、口に布を当てられ、後頭部でぎゅっときつく結ばれてしまった。男は手下たちに、再度霧ヶ丘を調査するように命令する。

「本当かどうか確かめてやる。もしもなかったときは、容赦しないからな」

そんな言葉を残し、男は去って行く。倉庫には見張り役を一名置いていくようだ。

薄暗くてよく見えないが、見張りはナイフを手にしているようだ。

私を脅していたリーダー格の男とは違い、ひょろっとしていて、荒事に慣れているような雰囲気はない。

先ほど、私の口の布を取ったり、外したりしていた奴だ。親指に木製の指輪を嵌めていたので、間違いない。手つきは案外丁寧で、乱暴な様子はなかった。

彼と何か交渉できないだろうか。話しかけようにも、口に布を詰め込まれているので、自由は利かない。

ダメ元で、話しかけてみる。

「うぐぐ！　ううううう！」

「え、なんだ？」

言葉に少しだけ地方訛(なま)りがあった。王都に出稼ぎに来た者なのだろうか。

無頼漢なんかの手下になって、家族が哀(かな)しんでいるのではないのか。そんな言葉すら、発することができない。

「ううううう、ううううう!!」

苦しむ振りをしたところ、すぐに見張りはこちらへやってきた。

「ど、どうしたんだ？　く、苦しいのか？」

こくこく頷くと、見張りは口元の布を外してくれた。

「水、飲む？」

「飲む」

やはり、彼は悪い者ではないようだ。

横たわる私に水を飲ませる方法も知っているようだった。つまり、誰かを看病した経験がある人なのだろう。

「お、お礼に、胸ポケットに、懐中時計が、あるから」

「そんな！　貰えないよ」

「いい、から」

魔法学校に入学したとき配布される懐中時計は、他人の手に渡ると学校側に警告が届く。その魔法が発動して、どうにか私の危機に気付いてもらえないかと目論んだのだが――遠慮されてしまった。あともうひと押し。

「銀の、懐中時計、なんだ」

「銀だって⁉」

「そう。売ったら、きっと高値が、つく」

見張りはすぐさま私の懐を探り、懐中時計を手にする。

「本物の銀だ！　よくわからないけれど」

見張りの目付きが、一気に変わっていった。

「これがあれば、弟の病気も治る」

「病気？　弟さんが？」

「そうなんだ！　出稼ぎをしに王都にやってきたけれど、思うように稼げなくて」

見張りの男は故郷に病気の弟がいて、薬代を稼ぐために王都にやってきたようだ。

「すまなかった！　感謝する！」

見張りはそんな言葉を残し、そのまま出入り口のほうへ駆けていった。

あまりにも素早い判断に、呆然とする。

彼を利用する形になってしまった――と思いつつも、同情なんてしている場合ではない。見張りはいなくなった。その間になんとかここから逃げ出さなければならないだろう。まずは、手足の拘束をどうにかしたい。

見張りの男がナイフでも置いていってくれたらよかったのに。いいや、口元だけでも解放されたことを、よかったと思うようにしよう。

足をさまざまな角度に捻ってみるも、縛られた縄は堅くてびくともしない。

手元も同様に、力でどうにかできそうな状態ではなかった。

鳥かごに入れられているチキンのほうを見ると、先ほど同様にぐったりしていた。

一生懸命声をかける。

「ねえ、チキン。チキン、起きて……」

反応はなかった。ここにくるまで酷いことをされたに違いない。心配になる。

今、私にできることは、何もないのか？

手足が縛られているので、魔法は使えない。

本当に、どうしたらいいものなのか……。

何か尖(とが)った物があったら、縄を切ることができるだろう。

周囲を見渡すが、それらしき物はない。木箱の角に縄を擦(こす)り付(つ)けたら、いつか切れるかもしれないが、時間がかかりすぎてしまう。

必死になって起き上がってみると、木箱の上にガラスの花瓶が置かれているのを発見する。あれをなんとか割って、ナイフ代わりに使えないだろうか。

再度寝転がり、倉庫の床を転がったり、這ったりして、花瓶に近付く。木箱に体当たりすると、花瓶がぐらりと傾いた。

向こう側に落ちるように強く当たったのに、花瓶はこちら側に倒れてくる。

「――っ‼」

花瓶は私の顔を目がけて真っ逆さま。なんとか当たる寸前で回避したものの、すぐ近くで花瓶が割れてしまう。

飛び散った花瓶の破片が、頬や額を切りつける。思っていた以上に、大きな音が鳴ってしまった。物音を聞いて、男たちが戻ってこないといいが……。

しばし、息を潜める。どくん、どくんと胸が激しく高鳴っていった。

人がやってくる気配はないので、ホッと胸をなで下ろす。

体を張ったのに、大きなガラス片は遠くに飛んで行ってしまった。すぐ近くに細かなガラス片が散っている。この上を転がっていけば大きなガラス片を入手できるだろうが、頬や額の傷がズキズキ痛んで勇気が出ない。

他に、何かないのか。

魔法陣さえ描くことができたら、錬金術を使い、ガラスでナイフを作ることができるのに。

ガラスのナイフ程度であれば、魔法陣だけで作ることができる。

必要なのは素材であるガラスと、魔法陣を描くインク——と、ここで気付く。

頬や額から流れた血が、倉庫の床に散っていた。まだ乾いておらず、濡れている。

これで、魔法陣を描くことが可能だ。

幸いと言うべきか、手は前方で括り付けられている。これが背中に回された状態だったら、できなかったかもしれない。

手を伸ばし、指先で血を掬う。自由が利かない手を駆使し、血で魔法陣を描いた。

足でガラスの欠片を魔法陣に集め、呪文を唱える。

魔法陣は強い白光を放ち、形なき物質が、ひとつの塊と化す。

光が収まったあと、魔法陣の上には小型のナイフのような物が完成していた。

すぐさま手を伸ばし、手首と縄の間に刃を差し込む。

指先だけでナイフを動かし、少しずつ縄を切りつけていった。

思っていたよりも、ガラスのナイフは切れ味が悪い。私の頬や額を切ったガラスのほうが、よく切れるように思えてならない。急遽作った物だったので、仕方がないだろうが。

だんだんと具合が悪くなってくる。たぶん、頭の打ち所が悪かったからだろう。腹部も蹴られているので、それも原因のひとつかもしれない。

どうにかして拘束を解き、一刻も早くここから逃げ出したいのに。

体が思うように動かなかった。

「はあ、はあ、はあ……！」

呼吸も上手くできなくなっていた。なんだか酷く息苦しい。

瞼も重たくなってくる。ここで眠ってしまったら、逃走なんて絶対にできない。

一回、縄でなく、手を切りつけた。

縄だとあまり切れないのに、手だとさっくり切れる。おかげで、目が覚めた。

じくじくと痛むが、今は気にしている場合ではない。

あと少し。そう言い聞かせ、縄を切る作業を再開する。

やっとのことで、手の縄が切れた。あとは足を解いて、チキンを助けてあげよう
——と考えていたところに、乱暴に出入り口の扉が開かれた。

「お前、ふざけるなよ!!」

男たちがぞろぞろとやってくる。中には杖を持つ、外套の頭巾を深く被った魔法使いらしき者もいた。

「霧ヶ丘に魔法で隠された家があるなんて、嘘じゃないか!!」

ずんずんと男が接近し、私の拘束が解けているのに気付く。

「お前、いつの間に⁉　見張りはどうした？」

「さあ？　知らない」

振り上げた拳は、私目がけて突き出される。ぎゅっと目を閉じた瞬間、倉庫内に声が響いた。

「待て‼」

聞き覚えのある声が聞こえ、視線を向ける。そこには、魔法学校で慣れ親しんだシルエットが見えた。

薄暗い中でぼやけていた目でパチ、パチと瞬きを繰り返す。

「嘘……でしょう？」

彼の姿を見違えるわけがなかった。

倉庫の出入り口に立っていたのは、フェンリルを従えたアドルフである。

私は思わず、叫んでしまった。

「アドルフ‼」

「リオル、待ってろ‼」

リーダー格の男は慌てた様子で、手下たちにアドルフを襲うように命令する。

多勢に無勢で、胸がぎゅっと締めつけられる。

けれどもエルガーがひとりひとり突進し、倒していった。

ホッとしたのもつかの間のこと。ひとりの男がアドルフがいる方向へ突撃し、ナイフを突きつけていた。

「あ、危ない!!」

見ていられない。そう思って目をぎゅっと閉じたが、聞こえた悲鳴はアドルフのものではなかった。

そっと瞼を開くと、襲った男はアドルフにナイフを奪われ、形勢逆転となっていた。

私は足を拘束していた縄をガラスのナイフで切る。自由になった足で鳥かごまで駆けより、チキンを鳥かごの中から救出した。

チキンに触れると、温かかった。ケガも見当たらない。

「よかった……!」

チキンを頬にすり寄せる。すると、スー、スーと穏やかな寝息が聞こえた。どうやら、魔法か何かで眠らされていただけのようだ。ホッと胸をなで下ろす。

「おい、お前ら、何をしている!! 例の手段に出るんだ!!」

まだ、何かあると言うのか。

アドルフが私のもとへとやってきて、腕を伸ばす。

「リオル、こっちだ！」

差し出された手を握り返した瞬間、魔法使いがいた方角が強く発光した。

巨大な魔法陣が浮かび上がり、倉庫全体が揺れる。

「あの魔法陣は――？」

授業で習ったので、よく覚えている。あの魔法は、召喚術だ。

魔法陣から這い出た存在(もの)は、巨大な泥人形(ゴーレム)だった。

泥人形は一体だけではなかった。二体、三体と召喚される。

大きさは十フィート(三メートル)以上あるだろうか。見上げるほどに大きく、威圧感がある。

召喚術の影響で建物がガタガタと揺れる。天井から砂埃(すなぼこり)がパラパラと小雨(こさめ)のように落ちてきた。

私を誘拐した男や手下たちは逃げていく。魔法使いすらも、泥人形の召喚を終えると、回れ右をして出入り口へ全力疾走だった。

私たちも脱出しようと試みるも、泥人形の一体が出入り口に回り込み、硬化してしまった。私たちが逃げられないように、もともと命じていたのだろう。

「そんな、酷い……！」

泥人形が雄叫(おたけ)びをあげると、頭上の窓のガラスが割れて散ってくる。アドルフは上着を脱いで、私に被せてくれた。

エルガーが泥人形と戦ってくれる。だが、いくら攻撃を与えても相手は泥からできた生き物。崩れてもすぐに再生し、起き上がってくるようだ。

氷属性であるエルガーは、氷のブレスを吐いて凍結状態にさせる。けれども、泥人形は力で氷の拘束を解いてしまった。

最悪なことに、泥人形の体が分断されると元に戻らず、新たな個体を生みだす。

残り二体となっていた泥人形は、いつの間にか五体にまで増えていた。

戦闘能力は低いものの、生命力は強いので厄介な相手だ。

「リオル、大丈夫――そうには、見えないな」

「意外とまだ元気だよ」

「その見た目では信用できない」

アドルフが傷を回復させる魔法薬を手渡してくれた。それを飲むと、体の痛みが引いていく。

「どうしてここに?」

燕尾服姿でいる彼は、晩餐会から抜け出してきたみたいに見える。

「リオニーに渡した指輪の、魔力反応が変わったからおかしいと思って、ヴァイグブルグ伯爵家を訪問したんだ」

私が誘拐されたのは昨晩。晩餐会中に違和感を覚えたアドルフは、途中退場したらしい。

「伯爵家に着いたら、ふたりともいないと聞いて、驚いて――」

リオルは家にいただろうが、常日頃からアドルフが来ても顔を出さないようにと言っておいたのだ。

その結果、姉と弟、両方ともいないという事態に発展していたのだろう。

婚約指輪の現在地を探ったら、グリンゼル地方と出たらしい。

アドルフは私たち姉弟を救助するため、王族からワイバーンを借りて駆けつけてきたようだ。

「この建物に指輪とリオニーの魔力の反応があったから、絶対にいると思っていたんだが」

どくん、と胸が大きく鼓動する。

アドルフは婚約指輪を通して私の魔力を察知し、誰かの手に渡ったら反応するような魔法を仕掛けていたようだ。魔法学校の懐中時計に施された、転売防止の魔法と似たようなものだろう。

なんでも盗難や紛失するのを想定していたらしい。

「リオニーはここにいないのか？」

アドルフは木箱を開けたり、布で覆われた資材を調べたりと、リオニーを探し始める。いやここにいる、なんて言葉は喉からでてこなかった。

「俺はリオニーを探す。リオルは脱出方法を考えてくれ」

「アドルフ、姉上は——」

言いかけたそのとき、泥人形が想定外の行動を始める。

泥人形が木箱を潰し始めるのだ。中に入っているのは、液体で満たされた缶。

「あの臭いは——」

「油だ」

泥人形はその辺に散らばっていた金属のシャベルを手に取り、地面に先端を滑らせる。すると、火花が散った。

油に引火し、あっという間に辺りは火の海となる。

瞬く間に煙が充満する。これを吸ったら大変なことになる。

アドルフと共に、姿勢を低くした。

エルガーが氷のブレスを吐いて消火に努めるも、火の勢いのほうが強い。

私たちの魔法を使ったとしても、焼け石に水状態だろう。

「げほっ、げほっ……リオル、エルガーに乗って、先にここから脱出するんだ」

「ど、どうして？」

「窓が高いところにあるから……あそこまで登るのにふたり乗せるのは難しいだろうから。俺はここで……もう少しリオニーを探しておく」

どくん！　と胸が脈打つ。

もう、誤魔化せない。彼の命が危機にさらされてしまうから。

ありったけの勇気をかき集め、私はアドルフに言葉をかける。

「アドルフ、姉上は、ここにいない」

「どうしてわかるんだ？　リオニーの魔力反応も……ここだったんだ。どこかに隠されているはずだ！」

そう言うや否や、アドルフは必死の形相で見つかるはずもない婚約者を探し始める。

私はアドルフの腕を掴んで叫んだ。

「リオニーは僕だ!!　ここにいる!!」

「お前……今、なんて」

アドルフが驚きの表情で振り返った瞬間、エルガーの叫びが聞こえた。

『ギャン‼』

熱で溶けた泥人形が、杭のように突き出した状態で硬化したらしい。その先端が、エルガーの足を引っ掻いたようだ。

エルガーは左前足を庇うように、ひょこひょこと動いている。

「エルガー！　大丈夫か⁉」

『クウウウ……』

重傷ではないようだが、とても痛そうだ。

アドルフは悔しそうに呟く。

「このケガでは、脱出はできない」

このままではふたりとも死んでしまう。

誰か、誰か助けて――そう願いを込めた瞬間、手のひらに握っていたチキンが目を覚ます。

チキンは全身をぶるぶる震わせ、くわーっと欠伸をしている。

『ふわあああ、よく眠っていたちゅりねえ』

周囲は火の海、絶体絶命の状況だというのに、なんとも気の抜けた言葉であった。

「チキン、あなた、大丈夫なの？」

『平気ちゅりよ』

元気そうで、脱力してしまう。ただ、よかったと心から思ってしまった。

『っていうか、ここ、熱いちゅりねえ』

「ここから、出たいんだけれど、入り口を塞がれてしまって……」

『だったら、ちゅりが脱出させてあげるちゅりよ』

大口を叩いたのだと思ったが、次の瞬間、チキンの体が強く発光する。

「え、嘘……！」

「これは」

チキンを包み込んだ光はだんだんと大きくなり、最終的に十二フィート(三メートル六十センチ)ほどの大きさになる。

尾羽根が美しいこの巨大な鳥は――。

「ケツァルコアトル!?　チキン、あなた、ケツァルコアトルだったの？」

『そうちゅりよ～～』

ケツァルコアトルというのは、風の大精霊である。

ただの黒雀(くろすずめ)だと思っていたのに、精霊だったなんて。

チキンは首を下げ、跨(また)がるようにと指示する。私はアドルフと視線を合わせ、頷いた。エルガーもチキンの背中にしがみつく。

どろどろに溶けた泥人形が襲いかかったが、チキンが翼を動かして起こした風に吹き飛ばされていた。

チキンは助走もなしに飛び上がり、何やら呪文を唱える。天井付近で魔法陣が浮かび、強風が吹きすさぶ。

その衝撃で屋根が吹き飛んだので、私たちは倉庫から脱出した。

「う、うわ……！」

空高く飛んでいるようだが、馬の背中のように安定していた。落下しないよう、固定の魔法をチキンが施しているようだ。

アドルフを振り返ると、険しい表情でいた。私がリオニーだと名乗ったので、いろいろ複雑な心境なのかもしれない。

空を飛んでいると、私たちを誘拐した男たちが乗っているらしい馬車が見えた。

私にはわからないが、チキンは男たちの魔力を記憶しているらしい。

『ご主人たちとチキンに酷いことをする奴らは、お仕置きちゅりよ!!』

そう叫ぶやいなや、地上に巨大な竜巻が発生する。

竜巻は馬車の車体だけを呑み込み、中に乗っていた男たちをぐるぐる振り回していく。

「うわあああああ！」

「なんじゃこりゃあああ！」

「た、助けて――――!!」

男たちの絶叫が、辺りに響き渡る。

「チキン、あの、殺さないでね？」

『ご主人は優しい人ちゅりね』

少し先にこちらに向かっている騎士隊の姿が確認できた。チキンは騎士たちの近くに男たちを落として行く。続いて、私たちも着地した。

チキンの体から下りると、膝から頽(くずお)れてしまった。

「リオル!!　いや、リオニーか？」

その問いかけに、なんて返したらいいものか、言葉に詰まってしまった。

第四章　同級生でライバルな男に正体がバレてしまった……！

アドルフは私をじっと見つめたまま、動かなくなってしまった。

そんな私たちのもとに、騎士が駆けつけてくる。

「ロンリンギア様！　ご無事でしょうか！」

彼らはグリンゼル地方に駐屯する騎士隊だという。アドルフはまず、私を探す前に、騎士隊の駐屯地に行って調査を依頼したそうだ。

調査本部を作り、部隊を集めるのに時間がかかるらしく、待ちきれなくなったアドルフはひとりで飛び出してしまったらしい。微弱な私の魔力と指輪の反応、さらにエルガーの鼻を使って見事、探し当てたようだ。

負傷したエルガーには、回復魔法が使える衛生兵が治療を施していた。

「俺は平気だ。彼……は負傷しているから、回復魔法をかけてほしい」

魔法薬を飲んだので平気だと断ったが、アドルフからじろりと睨まれてしまった。

逆らわないほうがいいと察し、素直に従う。

ちなみにチキンは眠っていただけのようで、ダメージはないらしい。大精霊であるチキンは、ちょっとやそっとでは傷付けられないようだ。その辺はホッとした。

「それで、婚約者さまのほうは――」

「ああ、それは、もう大丈夫だ。安全な場所にいる」

「そうでしたか。よかったです」

事情を話すため、私とアドルフは騎士隊の駐屯地に向かった。

グリンゼル地方の騎士隊長が聴取に参加し、私は誘拐されるに至った事情を打ち明けることとなった。

「最初に接触してきたのは、グリムス社の記者を名乗る男たちでした」

金品と引き換えにアドルフについての情報を聞きたがった。

それを拒否すると乱暴な挙動を見せるようになり、私は逃げる。それから二時間、隠れたのち、帰宅しようとしたところ、襲撃を受けた。

そんな経緯を聞いたアドルフは、傷付いた表情を浮かべている。

きっと、自分のせいで事件に巻き込んでしまったと、思っているのだろう。

今回の件に関しては、全面的に私が悪い。ロンリンギア公爵にも気を付けるように言われていたのに、護衛も付けずに歩き回っていたのだ。

さらに、当初の態度から見て誘拐犯は魔法学校に属する三学年の生徒だったら、誰でもよかったように思える。つまり、私が事件に巻き込まれたのは、運が悪かったとしか言いようがない。

事情聴取が終わると、私は宿で休むように言われた。侍女やメイドがいて、部屋には女性用の服と男性用の服が用意されている。

アドルフが手配してくれたのだろう。

彼は一度、王都に戻ると言う。国王が主催する晩餐会を中座したこともあり、一刻も早く報告しなければならないようだ。

別れ際、アドルフは思い詰めた様子で話しかけてきた。

「リオル……いいや、リオニー。戻ってきたら、ゆっくり話そう」

「わかった」

アドルフは踵を返し、去っていく。

彼と離れ離れになるのは不安だったが、同時にホッとしていた。しばらく経てば、気持ちも落ち着くだろう。

彼の姿が見えなくなるまで、私は見送った。

◇◇◇

ドレスとフロックコート、どちらを着るのか、考えるまでもなかった。

私の正体はバレてしまった。もう、男のふりをして魔法学校に通うなんて無理は通用しない。

迷わずドレスを手に取り、メイドの手を借りて着たのだった。

ほどなくして、リオルがやってきた。アドルフが手配したワイバーンで飛んできたという。

出会い頭、知りたくなかった情報を伝えてくれる。

「姉上、父上が大激怒だ」

「そう」

ヴァイグブルグ伯爵家の姉弟が同時に行方不明となった——という事件は、王都で大きく報じられていたらしい。

アドルフが昨晩、晩餐会を飛び出して行ったので、騒ぎが大きくなったようだ。

父は私を心配していたようだが、安否が確認されると、激しく怒り始めたらしい。

「姉上を心配し過ぎた感情が行き場をなくして、爆発してしまったのかも。で、あまりにも怒っているから、姉上を殴りかねないと思って、僕が代わりに来たんだ」

「父上とは一度、殴り合いの喧嘩をしてもいいと思っていたのに」

「父上が負けそうだから、やめたげなよ」

行方不明の記事に加えて、父娘の殴り合いも報じられるところだった。

「なんと言うか、今回の件に関しては、私の日頃の行いが悪かったとしか言いようがないわ」

「わかってるじゃん」

「当然よ」

アドルフは何を思っているだろうか。二年半ほど、彼を騙し続けていたのだ。

非難されても、軽蔑されても、甘んじて受け入れようと思っている。

それがたとえ、婚約破棄だったとしても――。

「しばらく、僕もここにいるよ」

「リオル、あなた、本当は優しい子なの？」

「いや、父上から、姉上が暴走しないように見張っておけって言われたから」

「信用がないってわけ？」

「まあね」

リオルと話しているうちに、気分が晴れてきた。

やってきたのが父ではなく、彼でよかった。

翌日――アドルフがグリンゼル地方へ戻ってきた。

目の下には隈が色濃く残っており、目も充血している。顔色は真っ青だった。

昨晩、よく眠れなかっただろうことは、一目瞭然である。

アドルフは初めて、私たち姉弟が揃っているところを見たのだ。

「リオルは、リオルじゃない。こんなに大きくない」

アドルフは小さな声で、抗議する。入学前の私たちの背丈は同じくらいだったが、そこからリオルだけぐんぐん伸びたのだ。

「このリオルは、可愛げもない」

「悪かったね」

「生意気なところは、そっくりだ」

性格はリオルに似ていると認定され、なんとも複雑な気持ちになる。

「本当に、リオルはリオニーだったのか？」

その問いに、私は深々と頷いた。

「リオル……と呼ぶのは違和感があるが、すまない。リオニーとふたりきりで話をしたい。しばらく席を外してくれるか？」

「いいよ」

父に見張りを命じられていたリオルは、役割をあっさり放棄し、部屋の外へと出て行った。

アドルフとふたりきりになり、しばし沈黙に支配される。

まだ、信じられないのだろうか。それも無理はないだろう。私は二年以上も、彼を騙していたのだから。

「アドルフ、ごめんなさい」

「何か、事情があったのか？」

首を横に振り、自分自身の我が儘だったと告げる。

「私はどうしても魔法が習いたくて、弟が魔法学校に行きたくないと言うものだから、無理を言って代わりに通わせてもらっていたの」

アドルフは眉間に皺を寄せ、苦しげな表情でいた。私が許せないのかもしれない。まだ、怒鳴られたほうが楽なのに、彼は感情を剝き出しにはしなかった。

「魔法が習いたい。たったそれだけの理由で、男所帯の中で、二年以上過ごしていたのか」

「ええ」

「無理がある」

とは言っても、一人部屋だったたし、お風呂や洗面所は部屋にあった。貴顕紳士を育てる場でもあったので、男子校と言っても乱暴な振る舞いをする生徒はいなかったし、監督生や教師の睨みが利いていたので、秩序も保たれていたように思える。

「リオニー、どうして……」

ぎゅっと拳を握り、頭を垂れる。婚約者が魔法学校に忍び込み、性別を偽って暮らしていた、なんて事実が報じられたら、ロンリンギア公爵家にとっては恥となるだろう。本当に、申し訳ない気持ちで胸が張り裂けそうになる。

「どうしてもっと早く言ってくれなかったんだ！」

「え？」

「もしも知っていたら、いろいろとしてあげられることがあったのに」

アドルフは今、何を言っているのか。

疑問符が雨のように降り注いでくるような感覚に陥る。

「これまで、よく頑張った。これからは、リオニーが快適に過ごせるよう、俺も手を貸そう」

「ちょ、ちょっと待って！　どういうこと？」

「どういう、というのは？」

「アドルフは二年以上もの間、私に騙されて、怒ってないの？」

「いや、とてつもなく驚きはしたが、怒ってはいない」

アドルフはあっけらかんと言ってのける。その発言は予想外過ぎた。

昨夜はリオルがリオニーのわけがないと信じられなかったが、本物のリオルを見た瞬間、入れ替わりの事実を受け入れられたのだという。

「正直に言えば、早い段階で打ち明けてほしかった、という気持ちはある。けれども、誰かに打ち明けたら、魔法学校を退学しなければならないと考えていたのだろう？」

「だけど、魔法学校は男子校だから。女である私が、通っていい場所ではないのに」

「二年半も隠し通したんだ。残り数ヶ月、通っていても問題ないだろう」

「で、でも……」

　今回の事件で私とリオルの入れ替わりが露見しただろう。それをどう誤魔化すのか、その辺は疑問であった。

「事件については心配するな。行方不明になったのはリオニーのみで、弟のリオルは屋敷の地下に引きこもっていて、発見できなかった、ということにしておいた。何も心配しなくていい。これまで通り、魔法学校の生徒として、胸を張って通えばいいんだ」

「どうして？　どうしてそこまでしてくれるの？」

「それは、魔法学校に通うリオルが、とても楽しそうだったから。それに、俺はライバルであるリオルがいないと、勉強がはかどらないからな」

「あ、ありがとう」

　涙がぽろぽろと零れてきた。そんな私を、アドルフは優しく抱きしめてくれる。

「俺は果報者だ。世界で一番愛する女性と、もっとも大切な親友を、一度に得ることができるのだから」

「アドルフ……」

　アドルフは私自身のすべてを受け入れてくれるようだ。胸がいっぱいになる。

元の黒雀に戻ったチキンが私たちを祝福するように、歌を贈ってくれた。

『こうしてふたりは〜〜、いつまでも、幸せに暮らしたちゅりよ〜〜』

あまりにも歌が下手すぎた。何もかも、台無しである。ただ、気持ちは和んだ。

「チキン、お前にも助けられたな」

『事件が解決したのは、チキンのおかげちゅりね！』

「そうだな」

まさか、チキンがケツァルコアトルだとは想定もしていなかった。なんでも本契約を交わしたので、あの大きな姿に変化することができたのだという。

「俺はチキンのすごさに気付いていたぞ。召喚した日、リオルに言っただろう？」

そういえばと思い出す。チキンを召喚した日、アドルフは私が一位だったと言い切ったのだ。

「言葉を喋ることができる使い魔なんて、高位の存在に決まっているだろうが」

「そうかもしれないけれど、見た目が雀だったから」

ずっと偉そうな発言ばかりする子だな、と思っていたが、実力が伴ったものだったのだ。

心の中で、チキンに謝罪した。

話が一段落したところで、先ほどのアドルフの言葉で気になった点を聞いてみる。

「それはそうと、世界で一番愛すべき女性が、私だというのは本当なの？」

「そうだが？」

「だったら、薔薇の花束と恋文を贈っていた相手は誰？」

問いかけた瞬間、アドルフの顔が青ざめる。

「知っていたのか？」

「ええ、ずっと」

せっかくなので、洗いざらい打ち明ける。

「私、アドルフが薔薇の花束と恋文を贈っていた相手を、探そうとしていたの」

「そう、だったのだな」

「けれども、途中で諦めた」

「それは、なぜ？」

「彼女の存在に嫉妬してしまって。それに、相手が打ち明けていないことを探るのは、悪い行為を働いているように思えて、遂行できなかった」

ごめんなさい、と謝ろうとしたのに、なぜか先にアドルフのほうが頭を下げていた。

「リオニー、黙っていて、すまない。ずっとずっと、打ち明けようと思っていたのだが、いろいろと事情が重なって……」

いったい、アドルフはどんな問題を抱えていたというのか。

彼は静かに隠していたであろう真実を打ち明ける。

本題に入る前に、少し前置きがある。アドルフがそう言って話し始めたのは、想像もしていなかった事実であった。

「俺は母の愛人との間に生まれた。父であるロンリンギア公爵の血は流れていない」

「――――！」

まさか、アドルフが公爵家の血を引いていないなんて。

たしかに、ロンリンギア公爵とアドルフはまったく似ていなかったが……。勝手に母親似なのだろうと思っていたのだ。

「以前、リオニーが私の瞳はガラス玉にそっくりだ、なんて言ったことがあっただろう？」

「あ――――！」

それは、初めてアドルフと出かけたときの話である。路地裏で宝石と偽って売られていた、ガラスでできた宝飾品を発見したのだ。

そのさい、私はアドルフに意地悪を言うつもりで、瞳がガラス玉に似ていると言ってしまった。

「そのとおり、俺は本物のロンリンギア公爵の息子ではない。偽物のような存在だと、思ったのだ」

「ご、ごめんなさい。私、酷いことを言った」

「いや、本当のことだったから」

貴族の結婚の大半は、政治的な意味合いが強い。アドルフの両親も結婚当日に顔を合わせ夫婦となった。

「父は半月に一度、夫としての役割をこなしていたらしい。しかしそれだけでは母が妊娠せず、もっと回数を増やしてほしいと懇願していたようだ」

しかしながら、ロンリンギア公爵はその願いを叶えなかった。それどころか、仕事が忙しくなり、役割を果たす日にしか帰宅しなかったという。

「寂しさとほんの僅かな反抗心を抱いた母は、他の男を家に連れ込むようになった」

貴族が愛人を持つのは珍しくない。男性でも、女性でも。

最初はロンリンギア公爵の関心を引くための工作だったらしい。

「父は母の稚拙な行動に気付いていたのか、いなかったのか、気にかけることなく放置していた」

それがよくなかった。ロンリンギア公爵夫人は愛人と本当に関係を持ち、そして――。

「妊娠してしまった」

愛人と関係を結んでいた間も、ロンリンギア公爵は役割を果たしていた。

そのため妊娠が発覚しても、ロンリンギア公爵の子どもだと使用人たちは疑っていなかったようだ。

「妊娠中、母は気が気でなかったらしい」

もしも子どもに、愛人の男の特徴があったらどうしようかと。

約九ヶ月後――アドルフが生まれる。

「俺は母と同じ、黒髪で青い瞳を持って生まれた」

もしかしたらロンリンギア公爵の子どもかもしれないと夫人は希望を抱いたものの、面差しはどことなく愛人の男に似ていたらしい。

「それに気付いていたのは、愛人との関係を把握していた俺の乳母だけだったが……」

結婚から五年――ようやく待望の後継者(エア)が生まれた。

次は予備(スペア)を産まないといけない。夫人はそう決意していたものの、アドルフが生まれた途端に、ロンリンギア公爵は役割をしに帰らなくなった。

夫婦の仲は、さらに冷え切ってしまう。不幸はそれだけではなかった。

「俺を見た愛人が、自分の子ではないのかと主張するようになった。母は金を渡し、黙らせていたようだが、その後、毎週のように金品をしつこくねだるようになったらしい」

止めを刺したのは、ロンリンギア公爵夫人が金と引き換えに、年若い男を家に連れ込んでいるというゴシップ報道がされたことであったという。

アドルフを産んでからというもの、関係は持っていなかった。夫人がそう主張しても、周囲の者たちは聞く耳を持たなかったという。

愛人の男や記者、社交界の冷ややかな視線から逃げるように、ロンリンギア公爵夫人は各地を転々とし、姿を隠していたようだ。

そういう状況へ追い込まれても、ロンリンギア公爵は妻を顧みず、好き勝手させていたという。

ただ、いくら旅を続けても、心の傷は癒やされなかった。

「最終的に母は精神を病み、グリンゼル地方で療養することとなった」

それは、アドルフが十一歳のときの話だという。

「グリンゼル地方に、お母様がいらっしゃったの？」

「ああ、そうだ。何年か経って久しぶりに再会した母は、俺を父だと勘違いし、機嫌取りをしてきた。そのときに、乳母から真実を聞いた」

アドルフはロンリンギア公爵の子どもではない、と――。

「正直、ショックが大きかった。父は知らないだろう、ということにも、酷く心が締めつけられた」

打ち明けたほうがいいのか、と乳母に聞いたところ、絶対にダメだと口止めされたらしい。

「なぜ、乳母は真実を伝えてきたのかしら？」

「俺を父だと思い込ませているほうがいい、と判断したゆえの行動かもしれない」

そこから、アドルフは母親のために何ができるのか、考えた。

「その結果が、父のふりをして、母に薔薇の花束と恋文に見せかけた手紙を贈ることだった」

「あ――！」

アドルフが想い人へ、毎週欠かさず贈っていたという薔薇の花束と恋文は、病気の母親に向けて贈ったものだった。

私はそうだと知らずに、彼を時に嫌悪し、秘密を暴こうとしていた。なんて愚かな行為だったのか。

「まさか、それらが知られていたとは知らず、リオニーを不快な気持ちにさせてしまった」

アドルフは私をロンリンギア公爵夫人に紹介しようとしていたらしい。そういえば、話したいことがある、なんてことを言っていた。

薔薇の花束と恋文を贈り始めてから数年、容態はずいぶんと落ち着いていたようだ。けれども、宿泊訓練のとき、久しぶりに会いに行くと、ロンリンギア公爵夫人は誰もが想定していなかった反応を示す。

これまでロンリンギア公爵だと思っていた息子を見て、悲鳴をあげたのだ。

「母は俺を、愛人だった男と見間違ったらしい。顔を知っている乳母曰く、今の俺は生き写しのようにそっくりだと」

ロンリンギア公爵夫人は、アドルフを愛人だった男だと思い込み、金品を奪いにきたのだと勘違いしたのだという。

「母をリオニーに会わせるわけにはいかない。そう判断し、急遽、リオニーに少し待ってほしいと手紙を送ったのだ」

アドルフの手を握り、頭を下げる。

これまで秘密を抱え、大変だっただろう、苦しかっただろう。

私は彼が抱えていた苦労を、気付いてあげられなかった。

「早く、言ってくれたらよかったのに」

「そうだな。婚約をする前に、言うべきだった。俺はいつか、父にこのことを報告するつもりだったから」

アドルフはロンリンギア公爵家の血を引いていない。そのため、事実が明るみに出れば後継者でなくなってしまう。

「俺は、夢見ていたのかもしれない。未来のロンリンギア公爵でなく、ただのアドルフでも、リオニーやリオルは、変わらず傍にいてくれるのだろうと。けれども、貴族の関係は家柄や血統ありきだ。もしかしたら、ふたりと離れ離れになってしまう可能性があった。それを思ったら、なかなか、言い出せなくて――！」

私は顔を上げ、今にも泣きそうなアドルフを強く抱きしめた。

「私はアドルフが何者でも、ずっとずっと、傍にいるから」

「リオニー、ありがとう」

最初から、彼を支えようと覚悟を決めていたのだ。今さら、アドルフが誰の子だと聞かされても、心が揺らぐはずがない。

「もしかしたら、苦労をかけてしまうかもしれないが──」

「ねえアドルフ、男子校に潜入して首席を取ることより、難しいことってある？」

アドルフと一緒ならば、どんな苦難でも乗り越えてみせる。

私にはその自信があったのだ。

「俺の婚約者は、世界で一番頼もしいな」

「当然よ」

周囲が呆れるくらいの私の負けん気は、逆境でこそ輝くのだろう。

アドルフと話しながら、そう思ったのだった。

もうアドルフに隠し事をしなくてもいいし、彼に対する疑問も解消された。

「リオニー、婚約指輪が返ってきた」

誘拐した男たちに奪われ、それっきりとなっていたのだ。きちんと覚えていたものの、いろいろなことがあって、言い出せずにいたのだ。

「アドルフ、ありがとう！　本当によかった！」

婚約指輪も無事だったし、事件も解決した。

すがすがしい気持ちになっているところに、アドルフが苦虫を嚙み潰したような表情で、これからの予定を口にする。

「実は、父上から、リオニーを家に連れてくるように、と言われている」

「私を？」

「ああ。なんでも、事件についての真相の一部が、報告書として届いたようだ」

犯人はグリムス社の記者だと言っていたが、それは勝手に名乗っていただけだったらしい。正体は別にあったという。

「俺も詳しくは聞いていない」

「わかった。もしかして、帰りもワイバーンなの？」

「そうだ。彼――本物のリオルも一緒に連れて帰ろう」

そう口にしてから、アドルフは少しバツの悪そうな表情を浮かべる。

「今、部屋の外にいるリオルを、どうしてもリオルだと思えない」

「アドルフにとっては、私が扮するリオルがリオルだものね」

「そうなんだ。声は、魔法か何かで変えていたのか？」

「ええ、声変わりの飴で」

最初にリオルに教わった飴は数時間しか効果を発揮しなかったが、宿泊訓練のあと、急遽改良し、最長で二十四時間声を変えられるものを作りだしたのだ。

そのおかげで、誘拐されたあとも女性の声に戻らなかった。

「徹底していたのだな」

「もちろん」

なんて話している間に、王都へ戻る時間が迫っていた。

父の怒りが治まるまでグリンゼル地方にいたかったのだが、ロンリンギア公爵の呼び出しがあるので仕方がない。しぶしぶ家路に就く。

リオルは馬車で王都に戻るという。ワイバーンの飛行での移動は一度でお腹いっぱいだと言われてしまった。

「アドルフ・フォン・ロンリンギア、姉上の見張り、よろしく」

「ああ、任せてほしい」

これ以上、私が何をするというのか。本当に信頼がない。

ワイバーン車に乗り込む私たちを、リオルは見送ってくれる。

アドルフは窓を開け、リオルに「王都に戻ったら、ゆっくり話そう」と叫んでいた。

それに対し、リオルは「気が向いたら」と返す。

アドルフは私を振り返り、抗議するような視線を向けた。

「本当にとてつもなく生意気だ。魔法学校のリオルそっくりだな」

「姉弟だから、仕方がないわ」

ワイバーンが翼を動かすと、車体が少しずつ浮いていく。

あっという間に高く飛びあがったのだった。

しばし、窓の外の雲を眺めていたアドルフが、私に話しかけてくる。

「リオニー、父上には、今日、俺の出自について告げようと思っている」

「ええ」

「反対はしないのか？」

「なぜ？」

「黙っていたら、未来の公爵夫人なのに」

「ああ、そういう意味だったの」

公爵夫人になることに関して、特に何とも思っていなかった。

そもそも私自身、淑女教育が徹底的に叩き込まれているわけではないし、社交界での付き合いも得意ではない。貴族であり続けることに執着はなかった。

「私は別に、公爵夫人になりたかったわけではないから。アドルフの妻になれるのであれば、立場や財産とか、まったく気にならないわ」

「立場や財産か……。そうだな。もしかしたら、着の身着のままで追い出される可能性だってある」

「そのときは、夫婦揃って一生懸命働いたらいいだけ」

幸いと言うべきか、リオルの魔法の特許で収入を得る以前は、貧相な暮らしをしていた。

「食事がパンとスープだけだったという日も、珍しくなかったし」

「そうだったのだな」

質素な生活には慣れているつもりだ。だから、心配しないでほしい。

「この先、国王補佐はできないかもしれないが、知識と技術、それから魔法はたくさん身についている。どこに行っても、何かしらの職に就けるだろう」

「だったら、グリンゼル地方で働くのはどう？」

「なぜ？」

「自然が豊かだし、湖は美しいし、のんびりしていて、よい場所だから。あと、アドルフのお母様もいらっしゃるし」

ロンリンギア公爵夫人の容態が快方に向かったら、会いに行きたい。

会って、話をしたいと思っている。

「母は心が弱く、自分自身が生きることで精一杯だ。リオニーに対して、酷いことを言うかもしれない」

「魔法学校に三年間通って、いろんな人たちと喧嘩してきたし、今さら何を言われても平気よ」

「頼もしいな」

アドルフが笑ってくれたので、ホッとする。ずっと思い詰めた表情を浮かべていたので、心配していたのだ。

ここで、今思いついた計画を、アドルフにそっと耳打ちしてみる。

「それは――いい考えだな」

「実現できると思う？」

「俺も手伝おう」

「ありがとう」

強力な味方を得られたので、王都に到着するまで、計画について楽しく話し合った。

アドルフと共に、ロンリンギア公爵の執務室へ向かう。

今日も不機嫌かつ重苦しい空気を背負ったロンリンギア公爵が、私たちを迎えてくれた。

「父上、戻りました」

「ああ」

ロンリンギア公爵の執務机には前回以上に書類が山積みとなっていて、忙しい中での呼び出しだったようだ。

「リオニー・フォン・ヴァイグブルグ、今回の事件では、迷惑をかけた」

ロンリンギア公爵が頭を下げて謝罪した上に名前で呼んできたので、驚いてしまう。

アドルフも目を見張っていた。

事件について、ロンリンギア公爵は淡々と報告する。グリムス社の記者が犯人かと思いきや、真犯人は信じがたい人物だった。

「この事件を計画したのは、隣国のミュリーヌ王女だった」

「父上、それは本当ですか!?」

「ああ、間違いない」

なんでも婚約を断られ、降誕祭パーティーで冷たくあしらわれたミュリーヌ王女は、アドルフに対して強い憎しみを抱くようになったらしい。

「ミュリーヌ王女が……なぜ？」

「大きな好意は、裏切られたと感じた瞬間、別の感情に移り変わりやすい。愛が憎しみになるのも、おかしな話ではないだろう」

アドルフに恥を掻かせてやろうと画策した結果、ある噂話を入手したらしい。

「お前が、婚約者以外の誰かに、薔薇の花束と恋文を熱心に届けている、と」

それだけでは醜聞として弱いが、それに関連したある疑いが、ミュリーヌ王女の耳に届いたようだ。

「それは、アドルフ、お前がロンリンギア公爵家の血を受け継いでいない、ということについてだ」

ロンリンギア公爵の追及するような視線に、アドルフは動揺を見せなかった。

「その様子だと、知っていたのだな」

「ええ」

「誰から聞いた？」

「現在、母上の侍女を務める、乳母だった女性です」

「そうか」

ロンリンギア公爵は従僕に窓を開けるよう指示し、懐から銀のシガーケースを取り出す。

　慣れた手つきで葉巻の端を切り、マッチを使って火を点した。

　葉巻を吸い、吐いた煙は窓の外へと流れていく。

「父上も、ご存じだったのですね」

「身内のやらかしに気付かないほど、耄碌していない」

　気まずい空気が流れる。とても私なんかが口を挟めるような状況ではなかった。

「そもそも、私は医者から、体質的に子どもは作れないだろう、と言われていた。妻や周囲の者にも話したが、誰ひとりとして信じなかったのだ」

　衝撃の事実である。ロンリンギア公爵家の家督は弟夫婦の間に生まれた子に――なんて考えていたようだ。

「数年、子どもが生まれなければ、信じるだろうと思っていたが、妻は必死になって、私の子を産もうとしていた」

　その当時からロンリンギア公爵夫人は心が不安定な様子で、周囲の訴えにも聞く耳を持たなかったらしい。

「妻は気の毒なことに、貴族女性の価値は、結婚し跡取りを産んで初めて認められる、という古い考えを盲目的に信じていた」

なかなか子どもが生まれないため、ロンリンギア公爵家の親族からネチネチと小言を言われていた。それも、彼女の精神を追い詰める原因のひとつとなっていたのだろう。

「親戚の前で、子どもができない体質だという診断を受けたと私が訴えても、妻を守るために言っているのだと勘違いされてしまった。誰ひとりとして、私の話を信じなかった」

ロンリンギア公爵もまた、苦しめられていたのだ。話を聞いていると、胸が締めつけられる。

「結婚から五年後、妻は懐妊した。皆、奇跡だと喜んでいたが――」

ロンリンギア公爵は愛人の存在を黙認していた。愛人との間に子どもを産んだら、ロンリンギア公爵夫人は今の辛い状況から抜け出せるかもしれない、と特に咎めもしなかったようだ。

「もう妻を苦しめる者はいなくなると思い、安心していたのだが」

彼女は幼いアドルフを残し、逃げるようにして王都を発ったという。

待望だった子を産んでも、ロンリンギア公爵夫人に安らぎは訪れなかったようだ。

もしかしたら、公爵との間に生まれた子ではない、という情報が露見するのを恐れていたのかもしれない。

「父上はなぜ、俺を実の息子のように育てたのですか？」

「哀れな子に、罪はないから。情が湧いたとも言えるな」

ロンリンギア公爵に情というものが存在していたのか。意外に思う。

「俺は今日、父上に血が繋がっていないことを打ち明けて、家から出て行こう、と思っていました」

「それは許さない」

「どうしてですか？」

「苦労して育てた息子を、逃がすわけないだろうが。そもそも、この十八年もの間、お前にどれだけ投資してきたと思っているんだ？」

「ですが、俺は、父上の子ではありません」

「血が繋がっていないと、親子ではないという決まりはどこにもない。それに貴族は血統が大事だのなんだのとうるさく言うが、血統を大事に守った結果、体の弱い子ばかり生まれたり、早くに亡くなったり、といろいろ支障をきたしている家も多い。現に私も、子どもが作れない。血を大事にするあまり、近親同士の結婚が重なった結果だろう」

新しい血を入れることも大事だと、ロンリンギア公爵は主張する。

「呪われた血は私の代で終わらせる。アドルフ、お前は新しい時代を、お前自身が選んだ女性と共に築くのだ」

「父上……！」

ふたりの心の距離がぐっと近付いたような気がして、感極まってしまう。このまま私がいたら、邪魔かもしれない。

親子をふたりっきりにさせておこうと思い、一歩、一歩と静かに後方に進んでいく。

部屋から出て行こうとした瞬間、アドルフとロンリンギア公爵からジロリと睨まれ「逃げるな！」と同時に言われてしまった。

なんというか、彼らは似た者親子なのでは、と思ってしまった。

そんなわけで、アドルフはロンリンギア公爵と血は繋がっていなかったものの、問題なし、という結果になった。

家を追い出されることもなく、今までどおり暮らしている。

ミュリーヌ王女が画策した事件に関しては、隣国でも大きな問題となったらしい。

国王は賠償金を請求しただけでなく、我が国に有利な取り引きもいくつか交わしたという。

ミュリーヌ王女はというと、事件の責任を取り、修道院にしばらく身を預けることになったようだ。

今後、どうなるかは彼女次第なのだろう。

私も気持ちを入れ替え、魔法学校に通い続けることについて考えた。

やはり、このまま在学し続けることはできない。この嘘は許されるものではないだろう。

リオルに頼んで、数ヶ月の間だけ魔法学校に通うよう頼みこんだ。けれども彼は首を縦に振らない。

そこまで気になるのであれば、退学すればいい、と言われてしまった。

しかしながら、魔法学校を退学したら、次代の子が通えなくなる。それだけはなんとか避けたいと訴えたが、リオル本人は最初から魔法学校に通う気なんてさらさらなかった。私が身代わりで入学せずとも、魔法学校を卒業した実績は作れなかっただろう、と真顔で返された。

たしかにそのとおりである。

困った挙げ句、父に相談してみたところ、あっさり退学してもいいと許可してくれた。あれだけ必死になって、魔法学校を卒業するように言っていたのに。

なんでも、私が事件に巻き込まれたのをきっかけに、考えを改めたらしい。悪いことはできない世の中になっているのだ、としみじみ語っていた。

そんなわけで、私は魔法学校を退学することに決めた。

教師に退学届を持って行ったところ、全力で引き留められる。私とアドルフは魔法学校始まって以来の優秀な生徒として、記録に残したいらしい。

あまりにも必死に止めるので、どうしたものかと思ってしまう。

こうなったら、真実を告げるしかないのだろう。

退学届を受け取ってもらえなかったので、校長などを交え、私は正直にリオルと入れ替わりで通っていることを告げた。

魔法学校に女性が通っていたなど前代未聞である。校長は血相を変え、他の教師は頭を抱えていた。

「たしかに、それは許されることではない。希望どおり、退学を――」

これで、魔法学校での学生生活とはおさらばだ――なんて考えているところに、扉が開かれた。

「校長先生、リオルの退学について、しばしお待ちを！」

やってきたのはアドルフだった。

「リオルは誰よりも真面目に魔法を学んでいた、生徒たちの模範となる者です」

「アドルフ……」

続けて入ってきたのは、ランハートだった。

「そうなんです！　校長先生、俺、リオルに勉強を教えてもらって、赤点を逃れられました。俺だけじゃなくて、たくさんの同級生や後輩が、リオルに助けてもらったんです。そんなリオルが退学になるなんて、誰も納得できないと思います！」

「ランハートまで」

最後にやってきたのは、寮母だった。

「ヴァイグブルグ君は誰よりも真面目で、健全な生活を送っていた生徒でした。後輩はヴァイグブルグ君の背中を見て、いろいろ学んでいると思います。ですから、退学させないでください！」

アドルフやランハート、寮母の言葉を聞いて、胸がいっぱいになる。もう、心残りなんてない。

そう思っていたのだが彼らの熱心な訴えに、校長は心を動かしてくれた。なんと卒業まで、リオルとの入れ替わりを見逃してくれると言う。

「あの、いいのですか？」

「よくはないが、まあ、もともと男子生徒だけが通える学校、というのもおかしかったのかもしれない。今後、男女共学の学校にできるように、しようではないか」

まさかの展開に、心が打たれる。私だけでなく、他の女性も魔法学校に通えるようにしたいと、校長は考えてくれるらしい。

「女子生徒を受け入れるため、今後の参考にしたいから、学校生活についての話を聞かせてくれるかな？」

「もちろんです！」

私はありがたくも、魔法学校での学生生活を続けることとなった。

アドルフやランハート、それから寮母に感謝したのは言うまでもない。

それから月日が流れ、ついに私は魔法学校を卒業する――。

皆、魔法学校の正装に身を包み、礼拝堂に集まっていた。

校長からひとりひとり、魔法学校の卒業証書と卒業生の記章(バッジ)を受け取る。

在校生へ贈る言葉は、アドルフが読み上げた。これは期末テストで首席を取った者が読むのだが、私とアドルフは同点だったのだ。そのため、相談の末文章を私が考え、アドルフが読むという役割分担にした。

在校生たちはアドルフが堂々と読み上げる様子を見て、涙ぐんでいるように思える。

魔法学校についての思いを、最後にこうして在校生に伝えることができて本当によかった。

最後に讃美歌を歌い、卒業式は幕を閉じる。

クレマチスが巻きついたアーチをくぐり抜けると、教師や寮母などが拍手で出迎えてくれた。

これから盛大な舞踏会（プロムナード）が開催される。

外からパートナーを招待し、一緒に踊ったり、ごちそうを食べたりするパーティーだ。

皆、燕尾服を着ているので、そのままパートナーと合流し、参加する。

私はもう十分だ、という思いがあったので、寮に帰ろうと思っていたのだが――。

「捕まえた」

「え!?」

私の腕を掴んだのは、寮母だった。

「こっちに来て。プロムナードの準備をするから！」

「でも、私は別に」

「ドレスアップして参加するのよ！」

「え!?」

なんでもアドルフが計画し、寮母に相談していたらしい。

そのまま職員用の休憩室へ連れ込まれてしまう。

「私はプロムナードに参加しなかったの。でも、あとになって後悔したから、あなたには絶対に参加してほしいと思っていたのよ」

アドルフは、私に言ったら断りそうだ、と思っていた。そのため、寮母がサプライズを提案したようだ。

「で、でも、私なんかが参加していいのか」

「いいのよ。あなた、三年間頑張ってきたじゃない！　ドレスも用意してくれたのよ、ほら！」

地平線上の空色（ホライズンブルー）のドレスは緑がかった美しい青で、アドルフが選んだものらしい。

「きれい……！」

「そうでしょう？　あなたはこれを着て、プロムナードに行くのよ」

出入り口には鍵をかけ、誰も入れないようにしてから着替えを始める。

「あの、ここを借りて、先生たちに迷惑ではなかったのですか？」

「あら。私はいつも勝手にここを借りて、着替えていたわ。もう、時効よね？」

なんというか、私よりも豪快な男装学生生活を送っている人がいたのだな、と思ってしまう。

今回はきちんと許可を取っているので、心配しなくてもいいと言ってくれた。

ドレスをまとい、化粧を施して、髪を結ってもらう。

鏡に映る私は、魔法にかけられたみたいな変貌ぶりであった。

「きれいよ」

「ありがとうございます」

声変わりの飴の効果を解き、こっそり外へ脱出する。

舞踏会が行われている講堂へ急いだ。アドルフはアーモンドの木の下で待っていた。

すぐに気付き、こちらへ駆け寄ってくる。

「リオニー！」

手をぎゅっと握り、微笑みかけてくる。

「アドルフ、こんなことを計画していたなんて、とても驚いたわ」

「すまない。リオニーと一緒に参加したくて」

嬉しそうに言うので、これ以上追及できなくなってしまった。

それに、本心を言えば、とても嬉しかったから。

「ドレス、よく似合っている。きれいだ」

「ありがとう」

ぐっと背伸びし、アドルフもすてきだと耳打ちしてみた。すると、アドルフの耳はみるみるうちに赤く染まっていく。

「そういうことは、結婚してから言ってほしい。我慢できなくなるから」

いったい何を我慢しているのか。尋ねたが、顔を逸らすばかりであった。

「リオニー、あっちにリオルがいる」

「え？」

アドルフが指差した方向を向いた瞬間、頬にキスされた。

突然のことだったので、言葉を失ってしまう。

もちろん、リオルの姿なんてなかった。

抗議するような目でアドルフを見ると、言い返されてしまう。

「我慢とはこういうことだ」

「不意打ちだわ」

からかったので、仕返しをされたようだ。身をもって、何を我慢していたのかわかってしまう。

私たちの結婚は一年後なので、もうしばらく我慢してもらう必要があった。

婚前に関係を持ってしまったら、ロンリンギア公爵に何を言われるかわからない。

「そろそろ行こうか」

「ええ」

講堂から楽団の演奏が聞こえていた。

「リオニー、先に何か食べるか？」

「私は平気。アドルフは？」

「俺も、あとでいい」

アドルフが差し出してくれた手に、そっと指先を重ねる。

私たちは足並みを揃え、会場へ向かったのだった。

こっそり入って、目立たないようにしよう、なんて思っていたのに、一歩踏み入れた途端に大きな騒ぎとなってしまった。

あっという間に、多くの人々に囲まれてしまう。

アドルフは自慢げな様子で、私を紹介していた。恥ずかしいから、適当でいいのに。

「彼女が俺の婚約者であるリオニーだ。世界一美しいだろう?」

相手が頷くと、アドルフは満足げな様子でいた。

なんだか気恥ずかしくなったものの、今日だけは素直に言葉を受け取っておこう。

途中で、ランハートがやってきた。まだ婚約者が決まっていないようで、七歳の妹と一緒だ。

ランハートの妹は、アドルフをキラキラした瞳で見つめていた。

「あー、えーっと」

ランハートが話しかけようとすると、アドルフが私を庇うように一歩前にでてくる。

なんていうか、舞踏会でバチバチするのはやめてほしい。

約束通り、私が男装して魔法学校に潜入していたことをランハートが知っていた事実は、アドルフには打ち明けていない。今の嫉妬っぷりを見ていたら、墓場まで持って行ったほうがいいなと、お互い考えているだろう。

アドルフがランハートの妹の相手をしている間に、一言だけ感謝の気持ちを伝えた。

「ありがとう」

ランハートは頷き、「幸せになれよ！」と明るく言ってくれた。

彼と出会えて、本当によかったと思う。

ひとり挨拶が終わった瞬間に、また別の人物が話しかけてくる。魔法学校の者たちがアドルフと縁故(コネクション)を結ぶ機会は今日が最後なので、皆必死になっているのだろう。

このまま永遠に立ち話をするのではないかと思っていたのだが、ワルツの演奏が始まると、アドルフは「失礼」と言って人の輪から抜けていく。

そして、私を振り返り、ダンスに誘ってくれた。

「リオニー、一緒に踊らないか？」

「ええ、喜んで」

実家に戻るたびに、ダンスレッスンに励んでいたのだ。ロンリンギア公爵家の嫡男と結婚する女が、ダンスが下手なんて言わせない。

手に手を取り、音楽に合わせて優雅に踊る。

アドルフのリードのおかげで、気持ちよくステップが踏めた。彼も楽しんでいるというのが、表情でわかる。

音楽が終わると、すばやくダンスの輪から離れる。

人に捕まる前に、アドルフと共に会場を抜け出す。最後だからと、魔法学校の校舎を見学して回った。

教室では、初めて召喚術を習った。チキンとは本契約を交わし、今でも共にいる。ケツァルコアトルであったことは驚きだが、私にとっては可愛い雀ちゃんであった。

今日は寮で、大人しく眠っていることだろう。

教室にはクラスメイトとの楽しい思い出が詰まっていた。

お菓子を交換したり、雑誌を貸し借りしたり、勉強を教え合ったり。

どれもこれも、かけがえのない青春の一ページとなっている。

仲良くしてくれたクラスメイトには、感謝しかない。

最後に、寮に戻った。すでに荷物は実家に送られている。部屋の中には、チキンが眠るばかりであった。

以前、先輩から引き継いだ椅子も、後輩に渡していた。

空っぽになった部屋で、アドルフと過ごす。

「最後に紅茶を飲もうと思って、持ってきた」

窓からは、講堂の賑やかな楽団の演奏が聞こえていた。

それを聞きながら、私はアドルフと紅茶を楽しむ。

これが、魔法学校の最後の一日だった。

◇◇◇

卒業後、私は結婚式の準備を始める。

通常、ドレスや装身具などの身の回りの品は母親と選ぶのだが、母はすでに亡くなっている。代わりに、侍女たちが親身になって手伝ってくれた。

彼女たちは嫁ぎ先であるロンリンギア公爵家にもついてきてくれるらしい。

なんでも実家から侍女を連れてくるというのは、貴族の中では前代未聞だという。

通常、花嫁は身ひとつで嫁いでくるからだ。

アドルフが侍女はどうすると相談してきたときに、ダメ元で相談してみた。それが採用されたので、私は慣れ親しんだ侍女と離れ離れにならずに済んだわけである。

理解あるアドルフには感謝しないといけない。

ふたつ年上の従姉、ルミもヴァイグブルグ伯爵家を訪問し、結婚式の準備を手伝ってくれる。

「リオニーさん、あまり頼りにならなくて、ごめんなさいね」

「いいえ、気にしないで。今は大事な時期だから、無理は禁物よ」

ルミは去年、結婚した。夫となった男性は優しい人で、ふたりはお似合いだ。

そして現在、ルミのお腹には小さな命が宿っている。

心配なので手伝いはいいと伝えていたのに、ルミがどうしてもと言って聞かなかった。根負けした結果、軽い作業だけ手を貸してもらっている。

嫁ぎ先が近所なので、歩いてやってくるのだが、行きと帰りに侍女やメイドを大勢引き連れているので、ルミは恥ずかしいと言っていた。なんでも、夫から同行させるように厳命されているらしい。過保護だと言うが、妊婦はそれくらい大事にしないといけない。

私も可能な限り、ルミがやってくる日は送り迎えするようにしている。

「それにしても、リオニーさんは三年間、よく頑張りましたね」

「アドルフやランハート、一部の学校関係者には女であると露見してしまったけれど」

「周囲の理解を得られたというのは、リオニーさんの努力の結果です」

「ルミの手紙も、私を励ましてくれたわ」

「そう言ってくれると、とても嬉しいです。手紙にあった一番のお友達とは、連絡を取り合っていますの？」

「ランハートのこと？」

「ええ」

一時期、あまりにも心配するので、親切なお友達ことランハートの存在に手紙で触れていたのだ。

「彼とは、アドルフ公認で文通しているわ」

卒業後もなんとかランハートとは連絡を取りたいと思ったのだが、婚約者以外の男性と会うのは外聞が悪い。さらに、手紙の交換も周囲に誤解されては困る。

アドルフが贈り続けていた薔薇の花束と恋文の一件で、私は手紙という連絡手段に対し、警戒心を抱いていた。

どうにかしなければと考えた結果、アドルフに相談したところ、意外な提案を受ける。それはランハートへの手紙を、アドルフを通して送り合えばいい、というものだった。さっそくランハートに相談したら、新たな条件が付けられる。それは、届いた手紙は一度アドルフが開封し、内容を確かめること、というものだった。

ランハートはアドルフの嫉妬を恐れているようで、心配するような内容ではないと確認させたかったのだろう。その条件を、私も受け入れたのだった。

そんな感じで、ランハートとは文通を始めている。

「魔法騎士になった彼は実力を買われて、国王陛下の近衛部隊に配属になったみたい」

「将来が楽しみですね」

「本当に」

影ながら、ランハートの活躍を応援していた。

「と、お喋りしている場合ではありませんわね。リオニーさん、手を動かしませんと」

「そうだったわ」

現在、私はルミと婚礼衣装に使うレースを編んでいた。

我が国では伝統として、首元に使うレースを花嫁とその家族が作るのだ。

ルミは母親のいない私の代わりに、手伝うと名乗りを上げてくれた。

「リオニーさん、もうひと頑張りですよ」

「ええ」

口ではなく、手を動かし、必死になってレース編みを進めたのだった。

◇◇◇

アドルフは魔法学校の卒業後、国王陛下の側近として働き始めた。

忙しい日々を過ごしているのに、ヴァイグブルグ伯爵家を頻繁に訪問してくれる。

今日は結婚式の招待客をピックアップし、招待状作りをせっせと行う。

大量の招待状の中には、ロンリンギア公爵夫人宛てに作ったものもあった。

明日、これを届けに行く予定だ。

念のため夫人を招待したいとロンリンギア公爵に相談したところ、快諾するどころか、招待状を一緒に渡しに行きたいと言い出したのだ。

奇しくも、家族が数年ぶりに一堂に会する。

「もしかしたら、父と母が揃う機会は、俺が赤ん坊のとき以来かもしれない」

「ドキドキするわ」

「嫌な意味でな」

あれから数ヶ月経ち、ロンリンギア公爵夫人の容態は快方に向かっているという。

ここ最近は庭へ散歩に出られるほど体力も回復してきたようだ。

家族の近況についても、聞きたがっているらしい。

タイミングは今しかない、とアドルフが決意したようだ。


翌日——竜車に乗ってグリンゼル地方を目指す。

「小娘、竜車は怖くないのか？」

「ロンリンギア公爵、〝リオニーさん〟、ですよ」

「小娘め、さん付けで呼んでもらおうとするとは、なかなか度胸があるな」

「父上、いい加減、リオニーの名前をきちんと呼んでください」

ロンリンギア公爵はチッと舌打ちし、懐からシガーケースを取り出す。

私はすぐさまそれを奪い取り、アドルフへ手渡した。

「空の上の車内は禁煙です。どうしても吸いたいのであれば、飛行中のお外へどうぞ」

「……」

ロンリンギア公爵は何も言い返さず、窓の外の景色を眺め始めた。

久しぶりにロンリンギア公爵夫人と会うので、もしかしたら緊張しているのかもしれない。それを思えば、小娘呼びをされた件も仕方がない、と思ってしまう。

今度、空の旅に出るときは、ロンリンギア公爵のために、シガレット型のクッキーを作ってこようと心の中で誓った。

若干の気まずさとともに、グリンゼル地方へと到着する。竜車は直接別荘の庭へ着地した。

すでに夜になっており、ロンリンギア公爵夫人がいるであろう部屋にだけ灯りが点されている。

別荘で私たちを迎えた侍女はロンリンギア公爵の登場に目を見開き、驚いているようだった。そうなるのも無理はないのだろう。これまで、ロンリンギア公爵は一度もここを訪れなかったから。

「どうした？」

「い、いえ。その、こちらへどうぞ」

ドキドキしながら、案内された寝室へと向かった。

家族が再会する場に、私はいないほうがいいだろう。途中で立ち止まり、アドルフとロンリンギア公爵に声をかける。

「あの、私はここで待っています。まずは家族水入らずで、話したほうがいいでしょうから」

そう伝えると、同時に振り返ったアドルフとロンリンギア公爵に睨まれてしまった。

「何を言っているんだ。リオニーはもうすでに、俺たちの家族だろう」

「そうだ。責任を持って、ついてこい」

傍若無人な様子で言うものの、私にかける言葉は温かい。お言葉に甘えて、ロンリンギア公爵夫人に会うことにした。

扉が開かれると——ロンリンギア公爵夫人は、寝台に上体を起こした姿でいた。

やってきた私たちを見て、驚いた表情でいる。

一応、アドルフが知らせていたようだが、ロンリンギア公爵までやってくるとは思ってもいなかったのだろう。

「久しいな」

ロンリンギア公爵がそう声をかけると、ロンリンギア公爵夫人は顔を逸らし、震える声で言葉を返した。

「今さら、なんの用ですか？」

「俺たちの息子が立派に育ち、嫁を迎えるから、紹介にやってきたのだ」

ロンリンギア公爵は、アドルフと私の背中を押し、一歩前に押しやる。

「母上、お久しぶりです。今日は、婚約者のリオニー……リオニー・フォン・ヴァイグブルグを紹介しにきました」

ドレスの裾を摘まみ、頭を下げる。

ロンリンギア公爵夫人は感情のない瞳で、私を見つめていた。

「初めまして、ロンリンギア公爵夫人。お目にかかれて、幸せです」

「……」

やはりダメだったか……。でもこれは、想定内である。アドルフと事前に話し合い、ある計画を立てていた。

ロンリンギア公爵夫人が窓の外に視線を移した瞬間、今だ、と思った。

「実は、ロンリンギア公爵夫人に、贈り物を用意しました。窓の外にある夜空をご覧ください」

私はアドルフと共に、魔法を発動させる。

夜空に流れ星がいくつも瞬き、光の花が開花する。

星のシャンデリアや光の噴水、きらめく川などが夜の空を美しく彩る。

それは大叔母が考案した魔法のイルミネーション、〝輝跡の魔法〟だった。

私が魔法学校で学んだ集大成として、ロンリンギア公爵夫人に見てもらいたかったのだ。

ロンリンギア公爵夫人は輝跡の魔法を眺めつつ、「きれい……」と呟く。

瞳には真珠のような涙が浮かび、静かに流れていった。

魔法はまだまだ続く。

ロンリンギア公爵は夫人に近付き、そっと肩を支える。夫婦は見つめ合い、目と目で会話をしているようだった。

ふたりきりにさせよう。そうアドルフに耳打ちすると、頷いてくれた。

輝跡の魔法は大成功だった。

夫婦ふたりの関係は、わからない。それに関しては、本人たち次第なのだろう。

ひとまず、私はやりたかったことのひとつを無事に達成できたのだった。

一年後——私はついにアドルフとの結婚式の日を迎えた。
純白の婚礼衣装に袖を通し、オレンジの冠とベールをルミに被せてもらう。
「リオニーさん、どうか、お幸せに」
「ルミ、ありがとう」

彼女と作ったレースは、私の首元を美しく飾っている。

「今日という日を迎えられて、私は本当に幸せだわ」

涙がじんわり浮かんできたが、化粧が崩れてしまうと周囲の人たちを慌てさせてしまった。礼拝堂には多くの参加者がすでに集まり、花婿と花嫁を待っているらしい。

あの引きこもりとして有名なリオルも、参列してくれているという。

ロンリンギア公爵夫人も結婚式に合わせて、久しぶりに王都へ戻ってきた。

家族の再会から一年、ロンリンギア公爵夫人はずいぶん元気になったという。

あれから私とロンリンギア公爵夫人は文を交わすようになり、週に一度は近況を報告し合っていた。ロンリンギア公爵も、半月に一度はグリンゼル地方の別荘を訪問していたらしい。夫婦仲は修復しつつあるようだ。

そろそろ時間らしいので、ルミと別れて礼拝堂へと向かう。

扉の前でガチガチに緊張した父と合流するが、顔面蒼白(そうはく)で震えている。

「父上、大丈夫？　少し緊張を解したほうがいいのでは？」

「よ、余計なお世話だ」

せっかく心配したのに性格が悪い……。まあ、らしいと言えばそうだけれど。

空からチキンが飛んで来て、肩に止まった。

『今日はすばらしい結婚式日和ちゅりねえ』

「本当に」

ついに、結婚式が始まる。礼拝堂の扉が開かれ、真っ赤な絨毯の上を父と共に歩く。

参列者の中に、さっそくランハートを発見した。厳かな雰囲気だというのに、元気よく手を振っている。彼は相変わらずのようだった。

ルミも生まれた子どもと夫と一緒にいた。おめでとう、と目線で訴えてくるのがありありとわかった。感謝の気持ちを込めつつ、彼女を見つめた。

前方座席にはリオルの姿があった。すでに飽きました、という表情でいる。もう少しだけ我慢をしてほしい。

ロンリンギア公爵が偉そうにふんぞり返っているのは想像通りだったが、その隣にロンリンギア公爵夫人の姿もあった。

淡く微笑みながら私を見たので、泣きそうになる。

まさか、本当に参列してくれるなんて……！　こんなに嬉しいことはないだろう。

アドルフが私を迎え、手を差し伸べてくれる。

父から離れ、一度だけ振り返った。すると、父は私へ別れの言葉を伝えてくる。

「リオニー、達者で」

「父上ったら、今生の別れじゃないんだから」

父の声は震え、目はうるうるである。もしかしたら父なりに寂しかったので、ぶっきらぼうな態度だったのかな、と思い直した。

父に一礼し、踵を返す。アドルフが差し出してくれた手に、そっと指先を重ねた。

初めこそは、この手なんか絶対に取ってやるものか、と思っていた。

けれども彼と付き合っていくうちに、気持ちに変化が生まれた。

大嫌いで絶対に負けたくないというスタートだったのに、アドルフを心から尊敬し好意を抱くようになったのだ。人生、何が起こるかわからないものである。

この先も、何が起こるかまったく想像できない。

けれども唯一わかっているのは、アドルフと一緒ならば、この先もきっと楽しい毎日を送るだろう、ということ。

アドルフと寄り添い、祭壇の前まで歩いていく。

神父が結婚の宣誓を読み上げた。お決まりの言葉だが、胸にジンと響く。

「――汝らは幸福を感じるときも、苦難を感じるときも、裕福なときも、貧しいときも、喜びのときも、悲しみのときも、共にわかちあい、相手を敬い、慈しむことを誓いますか？」

アドルフと私は見つめ合い、頷く。共に誓った。

神父から誓いのキスを促され、アドルフはベールを上げた。

一度接近し、耳元で囁く。

「リオニー、とてもきれいだ」

不意打ちの言葉に、顔が熱くなる。きっと私の顔は真っ赤になっていることだろう。

アドルフは私の肩に触れ、優しくキスをする。

ふたりの誓いは、永遠のものとなった。

こうして無事に、私はアドルフの妻となった。

平々凡々な貴族令嬢だった私が、魔法学校に通い、同級生でライバルであるロンリンギア公爵家の嫡男と結婚したのだ。

彼と築く家庭では、きっと楽しい毎日が送れるだろう。

この日、私は世界で一番幸せな花嫁になったのだった。


〈完〉

番外編その一　ランハートのお気持ち表明

リオル・フォン・ヴァイグブルグという男は、魔法学校の中でも異質の存在だった。凛と佇む様子は、虎や豹などのネコ科動物を思わせる。気安く近付こうものならばキッと鋭く睨み、心に踏み込んでこられようものならば牙を剝く。そんな男だった。

相手が誰であろうが、リオルは心を許さない。絶対的王者であるアドルフ・フォン・ロンリンギアですら、リオルを屈服させることはできなかった。

リオルは魔法学校の中でひとり超然とし、自分が定めた高い理想と志を胸に勉学に励んでいるように見えた。

成績は常にトップ、身なりはいつ見ても整っていて、周囲がバカなことをしても乗ることはない。絵に描いたような優等生で、教師すら信頼を寄せる存在だったのだ。

俺はそんなリオルの友達として、傍にいることを許されていた。そのことを誇らしく思っていたのだ。

この関係はずっと続くだろう。そう思っていたのに、想定外の変化が訪れた。

リオルとアドルフが、急に仲良くなったのだ。

ふたりはこれまでの二年間、ライバル関係にあり、目が合うたびに火花をバチバチと散らしていた。

リオルとアドルフの成績はほぼ同じで、試験のたびに順位を争っていたのだ。

打ち解けたきっかけは、アドルフがリオルのお姉さんと婚約を結んだ件だろう。

最初はリオルも気に食わないようで、婚約破棄させると息を巻いていた。

けれどもグリンゼル地方で行われた宿泊訓練を境に、いっきに打ち解けたようだ。

特に、アドルフのほうがリオルを信頼し、気を許しているように見えた。

俺がリオルに近寄ろうものならば、アドルフが視線で近付くな、と牽制してくるのだ。

そのため、リオルと話す機会はめっきり減ってしまった。

アドルフに妨害されるたびに、胸の辺りがモヤモヤして、なんだか腹立たしい気持ちになっていた。

この気持ちはいったいなんなのか？　理解できなかった。

アドルフとリオルが仲良くなったこと以外にも、大きな出来事があった。

リオルが性別を隠して魔法学校に通っていると、偶然知ってしまったのだ。

脳天に雷が落ちたのではないか、と思うほどの衝撃だったように思える。

二年と数ヶ月、ずっと男だと思っていたのに、リオルは女性だったのだ。

いったいなぜ？　という疑問の答えは、リオルの口から聞くことができた。

なんでも本物のリオルが魔法学校に通いたくないと訴えたので、代わりに行きたいと望んだのだとか。

男子生徒に囲まれる毎日は大変だったものの、魔法学校に通うことが楽しかったらしい。曇りのない瞳でそんなことを言われてしまったら、反対なんてできない。

俺は見て見ぬ振りをすることに決めたのだった。

そんなふたつの出来事が、リオルとの距離感を遠くしていたように思える。

降誕祭のときに羨ましかったセーターも、あれはリオルが試験勉強で忙しくしている合間を縫って、編んでいたことになる。そこまでしてもらえるアドルフが、どうしようもなく羨ましくて、妬ましかった。

三学年は選択授業や校外授業も多く、リオルとは一週間に一度会うか会わないか、くらいの頻度でしか顔を合わせなくなってしまった。

そんな状況なのに、リオルときたらアドルフとばかり過ごすのだ。

　アドルフと一緒にいるときのリオルはとても楽しそうで、俺には見せない穏やかな微笑みを浮かべるときもあった。ふたりの中には誰も寄せ付けない空気感があって、それを見てモヤモヤした感情が膨らみ、リオルなんて知らないと思ってしまった。

だんだんと、リオルへの感情が友情ではないのでは、と気付きつつあった。

けれども、認めてしまったら、リオルとの関係は崩れ、アドルフに敵対視されてしまう。それだけは悪手な気がして、自らの気持ちにぎゅっと蓋をする。

リオルは卒業後リオニーに戻り、アドルフと結婚してしまう。

それならば、一番の友達として、傍にいようではないか。

そう、腹を括(くく)ったのだった。

喫茶店のテラス席で、あつあつの紅茶を飲む。

今日、久しぶりにリオル――ではなく、〝リオ〟に会うのだ。

リオというのは同級生だったリオルのことであり、リオニーのことでもある。

彼女は弟リオルに扮し、三年間、男子校である魔法学校に通っていたのだ。

友達付き合いは卒業後も続いているが、かと言ってリオルと呼ぶわけにはいかない。彼女はすでに既婚者であるため、気安くリオニーとも呼べないのだ。

そこで、話し合った結果、リオと呼ぶことにしたのである。

もちろん、ふたりきりで会うわけではない。リオの夫であるアドルフも一緒だ。俺とリオとの付き合いを許してもらう代わりに、どんなときでもアドルフを挟まなければならないのだ。

たとえば、手紙の一通を交わす場合でも、リオ宛ではなく、アドルフ宛に送る。アドルフの検閲を通してから、俺の手紙はリオの手に渡るというわけだ。

めんどくさい……というのが正直な気持ちだが、リオは大事な友達だ。

これから先も、仲良くしていきたい。そう思って我慢している。

リオと会うのは前回の夜会以来なので、一ヶ月ぶりか。

着飾った彼女は、それはそれはもう美しくて――緊張して上手く喋ることができなかった。

今日はいつもみたいに話せるだろうか。あまり自信がないのだが……。

なんて考えている間に、背後から声がかかる。

「ランハート、お待たせ！」

普段とは違う、砕けた喋りだ。なんて思いつつ振り返る。

そこにいたのは、男装姿のリオだった。

フロックコートをまとい、長い髪は三つ編みにまとめ、胸の前に垂らしていた。

リオは女性にしては背が高いので、少し小柄な男性にしか見えない。

「リオ！　どうしたんだ、その恰好は？」

「アドルフが、ランハートと会うときは男装しろって言うものだから」

「ええ〜〜」

リオに男装を強いたアドルフは、腕組みをして俺を睨んでいた。

別に、リオを取って食うわけではないのに、警戒心が強すぎる。

リオとアドルフが席につくと、店員がやってきた。

「ご注文は？」

「紅茶をふたつと——あ、アドルフ、クッキーパフェがあるよ」

「いらん」

「え、クッキー、好きじゃなかったの？」

「リオニーが作るクッキーが好きだっただけだ」

オーダーを受け、去りゆく店員を見ながら、内心、「やっぱりそうだったんじゃないか！」と叫んでしまう。

学生時代、リオはアドルフを、クッキーがどうしようもなく大好きな男だと思い込んでいたのだ。

傍（はた）からみたら、リオが作ったものを特別視していたのは明らかだったのに。

彼女はしっかりしているように見えて、自分がどう見えているのかに関しては鈍感なのだ。

「それにしても、ランハート、こうしてゆっくり話すのは久しぶりだね」

「まあね。お互い、忙しいから」

アドルフは国王陛下の補佐官として活躍し、リオは魔法の研究を行っている。ときおり、弟のリオルのもとへ行き、共同で魔法の実験を行う日もあるようだ。

アドルフが呆れた様子でリオのやらかしについて教えてくれた。

「家に三日も帰らないものだから、実家に迎えに行ったら、どでかい爆発音と共に屋敷全体が揺れて……。魔物の襲撃に遭ったかと思った」

「それで壊れないリオの実家、耐久性がとんでもないよね」

「家にはリオルの保護魔法がかかっているから」

「そうなんだ」

相変わらず、リオは元気いっぱい暮らしているようだ。

「でも、よかった」

「何がよかったの？」

「この前夜会で会ったランハートが、なんだかよそよそしかったから」

「あー」

適当に話題を流そうとしていたのに、向かいに座るアドルフの瞳がギラリと光った。

きちんと理由を話せと言いたいのだろう。

「いや、なんていうか、この前は、そのー……リオがあまりにもきれいだったから、緊張してしまって、上手く喋ることができなかったんだ」

俺の中のリオは、男装姿の彼女だったのだ。

ドレスをまとうリオニーは、別人のように思ってしまう。それゆえに、いつも通りの会話ができなかったのだ。

リオは信じがたいという表情で、言葉を返す。

「え、そんな理由だったの!?」

「わかるぞ!!」

いきなり、アドルフが俺を擁護しはじめた。

びっくりしすぎて、言葉を失ってしまう。

「俺もリオニーがきれいすぎて、緊張することはままある。話しかけるのすら、躊躇（ためら）うくらいだ」

「嘘でしょう？」

「嘘なものか。なあ、ランハート」

「う、うん」

なぜか、アドルフは俺に手を差し出し、握手を求めてきた。

手を差し出すと、ぎゅっと握り返される。

「今度、リオニーについて、ふたりで語ろうではないか」

なんだ、その集まりは……絶対に楽しいやつじゃん、と思っていたら、リオが叫んだ。

「絶対に止めて!!」

今回、アドルフとの仲が深まったような気がする。リオと同じような友達付き合いを、アドルフともできたらいいな、と思ってしまった。

「そうそう。今日はランハートに贈り物があって」

「えー、何？」

「もうすぐ誕生日でしょう？」

「ああ、そうだった」

魔法学校時代から、リオは俺の誕生日にキャンディボトルやクッキー缶など、ささやかな贈り物をくれた。今年は何をくれるのか。わくわくしながら待つ。

「はい、どうぞ」

これまでにない大きな包みを差し出され、首を傾げる。

「え、これ、なんだろう。開けてもいい？」

「ええ、どうぞ」

ソワソワしながら開封すると、中にあった品物を見てドキッとする。

「これ、セーター？　もしかして、手作りとか？」

「そうだよ。ランハート、魔法学校時代に欲しがっていたでしょう？」

広げてみると、二本の剣がクロスした絵が編まれていた。魔法騎士になった俺をイメージしてくれたのだろう。

かつての俺は、リオが作ったセーターが猛烈に欲しかった。

リオが婚約者を想い、一生懸命編んだセーターを、羨ましくも妬ましく思っていたのだ。

そう思ってしまうのは、リオを異性として意識し、好意を抱いているからだ、と決めつけていた。

彼女がアドルフと結婚した今、セーターを貰うことに特別な感情は抱かない。そう思っていたのに、手にした瞬間、とてつもない喜びがこみ上げる。

「え、嘘。めちゃくちゃ嬉しいんだけれど」

そんな言葉を返すと、リオはホッとした表情を浮かべる。

「よかった。頑張って編んだから」

ここで、ずっとリオに抱いていた感情の正体に気付いた。俺はリオのことをただ単純に、友達として大好きだったのだ。

だから今日、手作りのセーターを受け取って、とても嬉しかった。

「そのセーター、アドルフが毛糸を選んでくれたの」

「そうだったんだ。すっごく嬉しい。本当にありがとう、リオ。アドルフも。大切に着るから」

セーターを胸に抱き、何度も感謝する。

リオと出会えてよかった、と改めて思った日の話であった。

番外編その二　ロンリンギア公爵とお買い物

グリンゼル地方の屋敷で療養しているロンリンギア公爵夫人こと義母の容態は、そこまでよくなっていないように見える。一日中ぼんやりしているし、私が訪ねていっても反応が薄い。

けれども、傍にいる侍女曰く、大きく変化しているという。

私が訪問する前日は、お菓子を用意するように命じたり、メイドの数を増やすよう指示を出したり、と昔みたいな毅然とした様子を見せるようになったらしい。

「それと、リオニー様がお帰りになったあとは、決まっていつもより口数が多くなられるのです」

侍女は深々と頭を下げ、感謝の言葉を口にした。

「リオニー様のご訪問は、どの薬よりも効果があるようです。本当に、ありがとうございました」

以前とは異なり、アドルフやロンリンギア公爵こと義父も月に一度や二度訪問している。それらも、義母の変化に大きく影響しているのだろう。

「リオニー様みたいなお方が、奥方様が若いときに傍にいらっしゃったら、どんなによかったことか……」

「これからはずっと、私が傍にいるから」

「ええ」

侍女の手を握り、また来ます、と言って屋敷を出た。

外ではワイバーンが待ち構えていた。

この子は、義父が結婚祝いにと贈ってくれたのだ。もちろん車体もあり、繋げると竜車となる。

義母のもとへ行き来しやすいように、買ってくれたのだろう。

ワイバーンは懐っこい子で、とても可愛い。しかしながら、チキンとは不仲だった。

鞄の中で眠っていたチキンがひょっこり顔を覗かせ、ワイバーンをジロリと睨む。

『あんなものに頼らなくっても、〝チキン車〟で運んであげるちゅりよお』

「チキン車、途中で飽きて急下降しそうで、怖いんだけれど」

『酷いちゅり！』

早くて安い（?）。安心、安全のチキン車だと主張していたものの、いまいち信用ならなかった。

帰宅後、夕食で顔をあわせたアドルフと義父に、義母の近況を伝える。

「顔色は前よりもよくなっているように見えました。今朝は、庭を散歩されたようで、お花を摘んだり、庭師に声をかけたりと、活発的に動くようになったのだとか」

あとから、私のために薔薇の花を手ずから摘みに行ったのだ、という話を侍女から聞いた。私の好みなんかぜんぜんわからない！　と文句を言いながら摘んでいたらしい。思わず、お義母様（かあさま）ったら可愛らしい、と思ってしまった。もちろん、口には出さないが。

「もうすぐお義母様の誕生日だから、皆で贈り物を買いに行かない？」

「え!?」

アドルフは目を見開き、信じがたいという表情で私を見つめる。

横目でチラチラと義父を見ているようだが、行くわけがない、とでも思っているのだろうか。

「お義父様（とうさま）、よろしいですよね？」

いない。

「ああ、構わないが」

アドルフはさらに目をカッと見開く。内心「本当に行くのか⁉」と思っているに違いない。

「嫁、よく妻の誕生日を把握していたな」

「アドルフから聞いたんです」

つい先日、街に買い物に行ったときに、アドルフが少しそわそわしていたのだ。

何か気になることがあるのだな、と思って問い詰めたのである。

そこで彼の、母親への誕生日プレゼントを買いたいが、私とのデート中に言い出すのは忍びない、という繊細極まりない気持ちを知ることとなったのだ。

その日はいい品が見つからず、今度探しに行こうと言っていたのだが、アドルフの休みがなかなかなかったわけだ。

義母の誕生日は十日後だったが――なんと、それまでにアドルフと父の休日はないらしい。

「しかし、なんとかしようではないか」

「父上、なんとかするというのは、具体的にはどうするのです？」

「何、一日休むと国王の秘書官宛に手紙を書くだけだ」

アドルフはそれがまかり通るのか、と不思議そうな表情を浮かべている。

まかり通ってしまうのが、ロンリンギア公爵なのだろう。


翌日、アドルフは国王陛下に呼び出されてしまった。

なんでも、親子がふたり揃って休まれるのは困る、とのことだった。

「そういうことでしたら、また後日、私とアドルフで行ってまいりますので」

「待て、嫁よ。私の休日を、無駄にするつもりか？」

「ということは、私とふたりで、買い物に行く、というわけですか？」

「そうだ」

こういうことになるのならば、アドルフのほうを残してほしかった。まさか、義父とふたりきりで出かけることになるなんて……。

「一時間後に出発だ」

「かしこまりました」

そんなわけで、義父と共にお買い物へ出かけることとなった。

馬車を使って中央街に赴く。

侍女や護衛も同乗しているのに、義父がいるだけで一気に気まずい空気となる。

可能な限り、さくっとお買い物を終わらせたい。

「あの、お義父様、お義母様はどういった品を好まれているのでしょうか？」

「知らないが」

「さ、さようで」

アドルフも自らの母の趣味をまったく把握していなかった。この似た者親子め、と思ってしまう。前回、義母のもとを訪問したさいに、侍女に好みを聞いておけばよかったと後悔する。

「嫁、お前は何を貰ったら嬉しい？」

「私は魔法に関する本や、道具ですね」

「まったく参考にならんな」

「私の誕生日の贈り物として、ご参考にされたらよいかと」

「ふん。生意気な小娘だ」

私と義父はああ言えばこう言うというか、いつもこんな感じだ。アドルフは私たちのやりとりをハラハラ見守っているが、まあ、心配いらないだろう。たぶん。

馬車は宝飾店の前で止まる。ここで義母への贈り物を探すようだ。

三十代後半くらいのオーナーが義父の来店に気付くと、白目を剝いていた。

通常、貴族は外で買い物をせず、家に商人を招くのだ。そんな常識の中、天下のロンリンギア公爵がやってきたので、驚いているのだろう。

「お、おっしゃってくだされば、私どもが訪問しましたのに」

「嫁が散歩がてら、買い物をしたいと言うものだから」

「嫁――あ、ああ、こちらの女性は奥方様でしたか！」

「違います!!」

すばやく否定しておく。

「嫁という呼び方は、自分の妻を示す言葉ではなく、息子や他人の妻となった女性に呼びかけるものなのです！　一部の方々の間で、自らの妻を嫁、と呼ぶことが流行っているようですが！　お義父様の呼ぶ嫁は、正しい意味の嫁です！」

早口で捲し立てる形となり、オーナーは呆然としていた。一方で、義父は顔を逸らし、肩をぶるぶる震わせている。

私がムキになって言ったのが、面白かったのだろう。

義父のせいで勘違いされてしまった。抗議の視線を向ける。

「すまない。次から、息子の嫁と呼ぶ」

「普通に、リオニーと呼んでください」

「名前で呼んだら、息子に恨まれるだろうが」

「アドルフはそのように狭量ではありませんので」

「どうだか」

義父は珍しく微笑みながら、オーナーに声をかける。

「次は、妻と共に訪問できたらいいな」

ささやかな義父の希望であったが、叶うといいな、と思ってならなかった。

「さあさ、お義父様、真面目に選びましょう」

「私は真剣に選んでいるが」

「でしたら、どれがよいのですか？」

「どれもピンとこない」

思わず、私もと頷きそうになってしまう。

宝飾店に来ておいてなんだが、首飾りや耳飾りなどをさしあげても喜ばないような気がした。

何か珍しい品を見せてくれと頼むと、店の奥からさまざまな物を出してくれる。

銀の万年筆に、宝石がちりばめられた帽子、ガラスの靴に、金細工の手鏡――どれもしっくりこない。

「他の品はありませんの？」

「他は――えー、その、若い職人が昨日、納品してきたお品なのですが」

私たちに見せるような品ではない、と言いつつも、見せてくれた。

それは、銀を研いで作った羽根をモチーフにしたハットピンである。

「軽量化するために極限まで薄く作られておりまして、ハットピン以外にも、しおりとして使えるそうです」

義母は読書が趣味で、寝室には大量の本を揃えているのだ。

これだ！　と思い、義父の顔を見上げる。すると、こくりと頷いていた。

義父もお気に召したようで、一安心である。

そこまで高価な品ではないものの、大切なのは気持ちだろう。

贈り物と共に、それぞれ皆が大好きな本を一冊ずつ入れて贈ることにした。

私は冒険小説で、アドルフは哲学書、義父は詩集を選んだようだ。チョイスが独特だが、大丈夫なのか。

数日後、義母からカードが届く。それは、贈り物がとても嬉しかった、という内容だった。

それから、冒険小説の続きが気になるので、貸してほしいとあった。実家に全巻あると、以前の手紙に書いていたのを覚えていたのだろう。

今度、訪問するさいに持って行こう。そのときに、ハットピンとしても使えることを教えてあげたい。

元気になったら帽子を被って、ハットピンを刺して、義父と一緒にお買い物に出かけてほしいな、なんて思ってしまった。

書き下ろし番外編　愛妻に懸想するアドルフ

ついに念願叶って、リオニーと結婚した。

毎日、寝ても覚めても隣にリオニーがいる暮らしは、幸せとしか言いようがない。

外出すればフリージアの花束を持ち帰って贈り、食事はなるべく一緒に取るよう仕事は大急ぎで片づける。

公用で他の地域へ派遣されることがあれば、リオニーのいない晩に枕を涙で濡らしていた。

新婚生活を満喫している、という話をランハートに聞かせる。すると、彼はとんでもないことを口にした。

「アドルフってば、本当にリオのことが大好きだよねー。でも、リオがアドルフに恋い焦がれている姿って、なんだか想像できないかも？」

たしかに。と言いそうになったが、口から出る寸前で呑み込んだ。

彼の言うとおり、リオニーのほうから甘えてくることはなかったように思える。

俺たちの結婚は政略的なもので、リオニーに対して俺が一方的に片想い（かたおも）している状態なのではないか。

内心、頭を抱えてしまった。

帰宅すると、リオニーはいつものように出迎えてくれる。

「アドルフ、おかえりなさい」

「ただいま」

ここで毎日のように抱擁を交わしていたものの、俺が何もしなければ、彼女から抱きついてくることはない。

ランハートの言葉が、呪いのように脳裏に響く。

――でも、リオがアドルフに恋い焦がれている姿って、なんだか想像できないかも？

俺ばかり彼女が大好きで、気持ちを押しつけて迷惑しているのではないか。

そんな思いがこみあげ、具合が悪くなってしまった。

いいや、そんなはずはない。リオニーは何事においてもはっきり言う性格で、スキンシップも嫌だったら拒否しているはず。

何も言わないということすなわち、両想いなのだ！

……なんて、思っている日もあった。

それからというもの、リオニーのほうから甘えてくれるのを待った。

けれども、彼女から近付いてくる気配はさらさらない。

近すぎず遠すぎず。そんな関係を続けているうちに魔法学校時代を思い出してしまい、リオニーに対してリオルと呼びそうになる。

自らリオニーと接する機会を制限しているうちに、寝不足になった。

どうやら俺は、彼女に触れていないと、安眠すらできないらしい。

もう限界だ。

仕事中目が回り、倒れそうになった。休憩時間に医務室に行くと、医者から疲労だと言われる。

よく寝て、規則正しい食事を取るのが最大の薬だ、と言われてしまった。

いいや、そんなので治るはずがない。

俺にとって最大の薬は、リオニーを抱きしめることなのだ。

こうなったら、俺だけが彼女のことを大好きでもいい。気持ちの押しつけになるだろうが、我慢できないのだから仕方がない。

早めに帰宅すると、珍しくリオニーが嬉しそうに出迎えてくれた。

「おかえりなさい、アドルフ」

「あ、ああ。その、今日はどうした？」

「見てほしいものがあって、あなたが帰ってくるのを待っていたの！」

リオニーは俺の腕を摑み、ぐいぐいと二階へ誘う。

そのまま露台へ出ると、紅茶やクッキーが用意されていた。

「アドルフ、空を見上げて」

「ん？　ああ――」

言われたとおり夜空を仰ぎ見た瞬間、美しい光の花が開花する。

それだけでなく、魔法で作った流星がいくつも流れていった。

「これは――輝跡の魔法か」

「ええ。ここ最近、あなたの元気がないから、作ってみたの」

「そうだったのか。とてもきれいだ。見ていたら、元気になった」

礼を言おうとした瞬間、突然リオニーが抱きついてきた。

「元気になって、よかった。ここ最近、アドルフの様子がおかしいことに気付いていたんだけれど、お義父様が、仕事が忙しいからだって言うものだから、見守っておくことしかできなかったの」

リオニーはうるんだ瞳で、俺を見上げてくる。

「おかえりなさいの抱擁もできないくらい、疲れているんだって思ったら、寂しいなんて言えなくて」

「ん、寂しい？」

「ええ、こうして抱きつくことすらできなくて、寂しかったわ」

その言葉を聞いた瞬間、リオニーをぎゅっと抱き返す。

ここ数日、摂取していなかった彼女を、存分に堪能した。

「リオニーも寂しいと思っていたんだな」

「当たり前よ。いつもはあなたのほうから抱きしめてくれるから、なんとも思っていなかったの。でも、ここ数日は触れ合っていなかったから、私のほうから甘えないと、って決意していたの」

「そ、そうだったのか……！」

俺ばかり彼女が好きだと思い込んでいたのだが、そうではなかったらしい。

ランハートのせいで誤解してしまったが、甘えてくるリオニーはとてつもなくかわいかった。

心の中で、彼にこっそり感謝したのは言うまでもない。

ここで、大切な要望を彼女に伝える。

「リオニー、頼みがある」

「何かしら？」

「たまにでいいから、今日みたいに甘えてほしい」

リオニーはたちまち頬を赤く染め、恥ずかしそうにしていた。

「難しいだろうか？」

「いいえ、頑張ってみるわ」

そう言って、リオニーは俺の手を握り、頬をすり寄せてくる。

破壊力抜群の甘えっぷりに、胸がドキドキと高鳴った。

これを毎日摂取していたら、大変危険だろう。

普段、リオニーがクールな妻でよかった、と心から思ってしまった。

ロンリンギア公爵家は今日も平和で、毎日が愛に溢れているのだった。

あとがき

こんにちは、江本マシメサです。

この度は、『ワケあり男装令嬢、ライバルから求婚される〈下〉「あなたと結婚して妻になります！」』をお手に取ってくださり、ありがとうございました。

完結巻をお届けできて、とても嬉しく思います。

今回はリオニーが恋を自覚し、アドルフの婚約者として負けず嫌いを発揮する物語となっております。

アドルフの苦悩に、リオニーの正体を知って親友力を試されるランハート、そしてチキンの真なる姿など、てんこ盛りの内容です。

お楽しみいただけたら幸いです。

今回はキャラクターの名前について、少しお話ししようかな、と思っております。

名は体を表すと言いますか、それぞれキャラクターに相応しい名前を付けました。

まず、主人公のリオニーですが、名前の意味は『メスライオン』です。

この名前しかない、と思って命名しました。非常に強そうな名前です。

続いて、アドルフですが、彼は『高貴なるオオカミ』です。巨大なオオカミを使い魔として従えるイメージと、大貴族である誇りを胸に生きるキャラクターと合わせて、この名前を選びました。

番外編ではアドルフのリオニーに甘えたい、甘えてほしいという、犬属性的な一面をお届けしております。

最後に、ランハート。彼の名前の意味は『理解力のある』です。

リオニーの親友として、彼女のやりたいこと、望みを察し、支えてくれるキャラクターにしようと思い、名付けました。作中、一番のいい奴かもしれません。

そんなわけで、キャラクターには意味のある名前を付けることが多いので、たまには説明してみよう、と思って書いてみました。

名前の意味を心の片隅に置きながら、再読してみると楽しいかもしれません。


この作品が本の形になるまで、たくさんの方々のお力添えをいただきました。感謝の気持ちでいっぱいです。

読者様におかれましても、最後まで読んでくださり、ありがとうございました。

また、別の作品でお会いできることを願っております。

＜初出＞

本書は、「小説家になろう」に掲載された『引きこもりな弟の代わりに男装して魔法学校へ行ったけれど、犬猿の仲かつライバルである公爵家嫡男の婚約者に選ばれてしまった……!』を加筆・修正したものです。「番外編　愛妻に懸想するアドルフ」は書き下ろしです。

※「小説家になろう」は株式会社ヒナプロジェクトの登録商標です。

この物語はフィクションです。実在の人物・団体等とは一切関係ありません。

◇◇メディアワークス文庫

ワケあり男装令嬢、ライバルから求婚される〈下〉

「あなたと結婚して妻になります！」

江本マシメサ

2023年３月25日　初版発行

発行者　山下直久
発行　株式会社KADOKAWA
〒102－8177　東京都千代田区富士見2－13－3
0570-002-301（ナビダイヤル）
装丁者　渡辺宏一（有限会社ニイナナニイゴオ）
印刷　株式会社暁印刷
製本　株式会社暁印刷

●お問い合わせ
https://www.kadokawa.co.jp/（「お問い合わせ」へお進みください）
※内容によっては、お答えできない場合があります。
※サポートは日本国内のみとさせていただきます。
※Japanese text only

※定価はカバーに表示してあります。

ISBN978-4-04-914890-9 C0193

メディアワークス文庫　https://mwbunko.com/

本書に対するご意見、ご感想をお寄せください。

あて先
〒102-8177　東京都千代田区富士見2-13-3
メディアワークス文庫編集部
「江本マシメサ先生」係

◇◇◇

メディアワークス文庫

恋する寄生虫

三秋 縋

イラスト／しおん

その冬、彼は遅すぎる初恋をした。これは、〈虫〉によってもたらされた、臆病者たちの恋の物語。

「ねえ、高坂さんは、こんな風に考えたことはない？　自分はこのまま、誰と愛し合うこともなく死んでいくんじゃないか。自分が死んだとき、涙を流してくれる人間は一人もいないんじゃないか」

失業中の青年・高坂賢吾と不登校の少女・佐薙ひじり。一見何もかもが噛み合わない二人は、社会復帰に向けてリハビリを共に行う中で惹かれ合い、やがて恋に落ちる。

しかし、幸福な日々はそう長くは続かなかった。彼らは知らずにいた。二人の恋が、〈虫〉によってもたらされた「操り人形の恋」に過ぎないことを――。

発行●株式会社KADOKAWA

#誰か『いいね！』を押してくれ

星奏なつめ

『チョコレート・コンフュージョン』の星奏なつめが贈る新時代ラブコメ！

左遷部署に所属し、サエない毎日を送っているアラサーＯＬの小芋菜々美。現実がパッとしないならせめてインスタ界でちやほやされたい！　と思い、インスタグラマーを目指すことに。でも、ドＳ上司の冬真義宗からは「ダサダサ芋子には無理だろ」と一蹴されてしまう。

通勤服でも壊滅的なセンスを誇る菜々美を辛辣に斬り捨てる冬真だったが、実は彼こそが、菜々美が憧れるフォロワー10万人目前の神インスタグラマー「空透」の中の人で――!?